O PRETO QUE FALAVA IÍDICHE

NEI LOPES

O PRETO QUE FALAVA IÍDICHE

2ª edição

EDITORA RECORD
RIO DE JANEIRO • SÃO PAULO
2023

CIP-BRASIL. CATALOGAÇÃO NA PUBLICAÇÃO
SINDICATO NACIONAL DOS EDITORES DE LIVROS, RJ

Lopes, Nei, 1942–

L854p   O preto que falava iídiche / Nei Lopes. – 2ª ed. – Rio de Janeiro:
2ª ed.   Record, 2023.

ISBN 978-85-01-11325-2

1. Romance brasileiro. I. Título.

CDD: 869.93
18-47355   CDU: 821.134.3(81)-3

Copyright © Nei Lopes, 2018

Todos os direitos reservados. Proibida a reprodução, armazenamento
ou transmissão de partes deste livro, através de quaisquer meios,
sem prévia autorização por escrito.

Texto revisado segundo o novo Acordo Ortográfico da Língua Portuguesa.

Direitos exclusivos desta edição reservados pela
EDITORA RECORD LTDA.
Rua Argentina, 171 – Rio de Janeiro, RJ – 20921-380 – Tel.: (21) 2585-2000.

Impresso no Brasil

ISBN 978-85-01-11325-2

Seja um leitor preferencial Record.
Cadastre-se em www.record.com.br
e receba informações sobre nossos
lançamentos e nossas promoções.

Atendimento e venda direta ao leitor:
sac@record.com.br

Com todas as reverências a Egungum.

Aos Ancestrais da Praça Onze, africanos, hebraicos e europeus.

E com a indispensável licença de Elegbara.

Também, mais uma vez, sinceros agradecimentos à professora Mirian Carvalho (UFRJ), pela leitura crítica extremamente valiosa.

A diferença entre passado, presente e futuro é apenas uma persistente ilusão...

Albert Einstein

Aquele que fala em línguas não fala para os homens e sim para Deus. Ninguém o entende, pois fala coisas misteriosas sob a ação do Espírito. Aquele, porém, que profetiza, fala para os homens, para edificá-los, exortá-los e consolá-los.

1 Coríntios, 14: 2-3

Recordo-me como todos admiravam o empregado de cor que desde menino trabalhava numa fábrica de capas e que falava fluentemente o iídiche. O seu patrão nunca conseguiu aprender o português...

Samuel Malamud, *Recordando a Praça Onze*

No ano de 1922, os jornais declaravam a entrada de Salvador na rota do tráfico e vários indivíduos foram proibidos de desembarcar no porto, ou mesmo foram deportados de Salvador para o Norte do país, como os "russos" Elias Nataes, Brim Hamer e o brasileiríssimo "Nozinho".

Alberto Heráclito Ferreira Filho, *Quem pariu e bateu que balance!*

SUMÁRIO

1. Nozinho — 11
2. Cidade Nova — 19
3. Os mortos-vivos — 33
4. Crime e castigo — 37
5. Corpo fechado — 49
6. Celeste — 61
7. Boca de cena — 67
8. Teorias — 79
9. Mudanças — 87
10. O Lorde — 97
11. Bitola larga — 113
12. Etiópicas — 123
13. Rio d'Ouro — 127
14. Turunas — 133
15. Nagô Vodum — 153
16. A Coluna — 167
17. Perversa — 177
18. *Shuffle Along* — 191
19. Falonã — 207
20. *Kebra Nagast* — 225
21. Sua Alteza — 239

1. NOZINHO

A notícia da chegada do "Príncipe Africano" estava no canto inferior esquerdo da página 4, em corpo pequeno, pois *A Cidade do Rio* não ia bem e economizava na tinta. Assim, quase me passava despercebida.

Vinha do Rio Grande, muitas léguas distante, ainda com ecos da luta de Pinheiro Machado contra a rebelião federalista dos maragatos. Recendia a pampas, bombachas, mates e cuias. Mas o poderoso Machado já estava no Distrito Federal como senador e a notícia não lhe dizia respeito; por isso era curta. Contava apenas a chegada de um nobre africano a Porto Alegre, com pompa, circunstância, grande séquito e muito exotismo. E me trouxe de volta à mente o "meu africano". Cuja trajetória eu já andava esmiuçando para botar no papel.

Pois é, pensei. Nozinho tinha tudo para não dar certo na vida. Mas, contrariando as impossibilidades, chegou aonde chegou. Modéstia à parte, eu tive alguma coisa a ver com o que lhe aconteceu. E tudo a partir de uma decisão judicial, exarada na velha rua de Dom Manuel — obscuro governador do Rio de Janeiro no século XVII —, só conhecida por ser a rua da Justiça, da Pretoria e do Tribunal do Júri.

Aliás, minha estreia no Júri deu-se também quase por acaso — se é que existem acasos nesta vida. E tudo começou quando o dr. Epifânio de Melo Rego foi ao escritório do seu colega dr. Demóstenes Garcia D'Ávila, com quem eu trabalhava, solicitar minha assistência na defesa de um réu, soldado da Brigada Policial, já condenado num primeiro julgamento por crime de homicídio.

O Tribunal era presidido por um juiz moleirão, preguiçoso e desinteressado, cujo nome fugiu da minha lembrança. E quem ditava as regras era um homem de maus bofes, truculento, que, em dois anos de exercício como *fiscal da lei e promotor de justiça* — assim se apresentava —, não permitira que nenhum réu ou advogado tivesse sentido o gostinho de uma absolvição. Ferraz Durão era o seu nome. Segundo se dizia, subia à tribuna com um revólver na cintura, por baixo da toga; e não respeitava nem o juiz. Por isso, os advogados se borravam todos. E os advogados mais famosos, evitando o confronto com a fera, entregavam a auxiliares a responsabilidade das defesas no Tribunal. E assim fazia o dr. Melo Rego: sabendo que não tinha a menor chance de ganhar, me convidava.

Fiz ver a ele que, embora gostasse de discursar, eu nunca tinha falado num júri. E ele me disse que era uma coisa *pro forma*; que caso eu tivesse mesmo que falar seria só depois dele, na tréplica. E então eu fui.

Cheguei. Entrei. E não vi o dr. Melo Rego. Dirigi-me à sala do Júri e sentei onde devia. A sessão foi aberta, a leitura dos autos começou, e nada do preclaro doutor aparecer.

Terminada essa parte, o promotor subiu à tribuna e começou a acusação. Eu olhava a todo momento para a porta; e nem sombra do douto defensor titular... Até que o meritíssimo juiz deu a palavra ao advogado do réu. Tremi feito vara verde; mas respirei fundo, enxuguei o suor frio da nuca, chamei todos os meus santos, esfreguei a guia de Ogum fingindo que apertava o nó da gravata, me dirigi à tribuna, subi... E abri o verbo.

Eu era um rapazola de 22 anos, e não tinha diploma. Mas era legitimamente habilitado pela minha "carta de solicitador", que me autorizava a exercer o *múnus advocatício* — desculpem —, digo: a exercer a advocacia em todas as comarcas fluminenses. Eu era um provisionado, condição que a má língua insiste em denominar "rábula". Mas eu tinha a *carta*, expedida por sua excelência o juiz presidente do Tribunal de Desembargo. Porque, ainda naquele tempo, havia poucos bacharéis em direito e as causas já eram numerosas. Então, recorria-se a práticos, muitos deles com grandes conhecimentos jurídicos, como foi o caso do conselheiro Antônio Rebouças, do poeta Luiz Gama e do meu querido colega Evaristo de Moraes, além de outros, entre os quais, modéstia à parte, eu me incluo. Provisionado! Porque "rábula" é um termo depreciativo e infamante. Vem do latim *rabula* (de *rabia*, raiva), para designar o orador que grita, como se estivesse com raiva; que fala muito e sabe pouco.

Pois bem... Trabalhando como escrevente de cartório, na Primeira Circunscrição do Registro Civil das Pessoas Naturais, eu me tornei hábil no conhecimento do processo em todas as suas partes e em tudo o que diz respeito ao tabelionato. Lia tudo quanto era livro de direito que me caía nas mãos. Principalmente os que tratavam de delitos, crimes, penas, agravantes, atenuantes... Até que, aconselhado, pedi ao Tribunal que me concedesse uma provisão especial, para advogar na Relação do Rio de Janeiro e nos auditórios de comarcas vizinhas. Além disso, eu fazia parte da Sociedade Amantes da Instrução, da qual era um dos oradores. Então, recebi permissão para advogar como se fosse bacharel, mesmo não sendo diplomado em direito. Mas voltemos ao caso do soldado, cujo nome não guardei. Aliás, como não me lembro de nada do que falei depois que subi à tribuna. O que sei é que botei para fora tudo o que sabia sobre legítima defesa. Falei por mais de uma hora. E o soldado foi absolvido por unanimidade, num julgamento que catapultou — este é o termo — minha trajetória no foro da capital federal, tanto no Criminal quanto no Cível, que é o dos bens, dos contratos, das questões de família e das sucessões após a morte.

Em tudo o que eu fazia, a vontade de saber mais sempre me acompanhou. E de tudo isso me veio o gosto, o prazer de estudar a condição humana. De estudar o comportamento dos grupos sociais em função do meio; os processos que interligam os indivíduos em sua vida social; a evolução social desses grupos; e os costumes, as crenças e as tradições transmitidas de geração a geração, que permitem a continuidade de uma determinada cultura ou de um sistema social.

Isso foi ganhando dimensão cada vez mais ampla a partir do momento em que, no curso de um processo criminal, me foi entregue a tutela de um menor, um moleque — como se dizia então — que acabou crescendo e ficando famoso na Praça Onze, no Brasil e até no exterior.

Naquela época, o comércio do sexo estava estabelecido na área da antiga praça da Constituição, já denominada praça Tiradentes, em ruas como a Senhor dos Passos e a Luís de

Camões. A meretriz mais popular era a francesa conhecida como "Mercedes", e também referida como "Madame Holofote", não se sabe bem por quê. Era sempre vista à varanda do sobrado onde morava e exercia seu ofício, na Senhor dos Passos, o rosto gordo muito pintado, a boquinha desenhada com batom escarlate, o colo farto semidescoberto (viria daí o apelido? Ou de seu perfil calipígio?), cheio de joias, as orelhinhas sustentando brincos escandalosos.

Certa manhã, Mercedes apareceu degolada. E, nas investigações do crime, descobriu-se que na noite fatídica ocorrera uma tocata ruidosa numa casa vizinha, supostamente promovida para abafar os gritos da vítima e desviar do prostíbulo a atenção de eventuais passantes na rua, ou passageiros dos bondes com ponto no largo de São Francisco.

Entre os investigados, por participarem da tocata, estavam muitos capadócios já conhecidos da polícia. Mas o detalhe curioso é que, entre estes, equilibrava-se o número de pretos e mulatos com o de imigrantes europeus e descendentes, identificados por sobrenomes como Goldman, Herkovitz, Abramovicz etc. Coube a mim defender um por sobrenome Tenembaum. E assumir a tutela de um menor, "Nozinho da Praça Onze", de uns 10 anos de idade, descrito nos autos como "exímio batuqueiro, pandeirista e sambador".

Era Nozinho por diminutivo do nome: Lindonor... Lindonor Santana. Aliás, um belo nome, que remetia ao latim *honor*, *honoris*, honra, honradez.

Como eu fiquei sabendo, era órfão e vivia entre aquelas baianas da Praça Onze, comendo na casa de uma, dormindo na casa de outra... Mas nenhuma queria tomar conta dele, porque o moleque era esperto; e ninguém estava ali pra arranjar sarna pra se coçar. A elas, já bastava o sacrifício que passavam com seus próprios filhos.

Aquele povo fazia parte de contingentes livres e libertos que, com a Abolição, se instalaram nas precárias casas de cômodos das ruas vizinhas à Praça, e que depois, com os espaços esgotados, começaram a levantar casebres improvisados nas encostas dos morros, como o da Providência — que, depois da Guerra de Canudos, acabou ganhando o apelido de morro da Favela, como todo mundo sabe.

Vinha certamente daí, de um desses morros — ou não —, a origem de Nozinho, moleque muito esperto, levado, arisco, mas de muito boa índole; de quem todo mundo gostava. E, além de ser o bom menino que era, tinha uma inteligência fora do comum, tanto que aprendeu a ler, escrever e contar sozinho. E era também dotado de uma vocação inata para línguas estrangeiras. Por incrível que pareça.

Como seu tutor, eu o incentivava com livros: *Viagens de Gulliver*, Júlio Verne, Robert Louis Stevenson... Tudo isso ele leu muito cedo. E também tinha a parte de línguas estrangeiras: *The Languages of West Africa*, de Migeod, edição de 1901; *Le Petit Robert: Dictionnaire Français-Portugais*, 1905; *Modern Dictionary of English Language*, Katty Ellis, 1920... Esses livros eu encomendava ao Laemmert, na Ouvidor, e em dois meses no máximo chegavam. E pagava em módicas prestações. Mas escola, mesmo, que eu saiba...

Pele bem escura, amarronzada, mas com o cabelo liso e o nariz meio afilado, o tipo de Nozinho lembrava o de alguns indianos que, segundo eu li não sei onde, vieram também para o Brasil, no balaio da escravidão, provenientes de Goa, através de Moçambique. Desses que o povo aqui chama de índios, sem saber que eles são mesmo é indianos; ou *canarins*, como se diz por lá. E muito cedo, graças à sua inteligência extraordinária e por viver na Praça Onze, ele aprendeu iídiche, de ouvido, e acabou se tornando fluente no idioma, ganhando fama por isso. Todo mundo queria conhecer *o pretinho que falava a língua dos turcos*...

Era gracioso o moleque: falava com suavidade, tinha boas maneiras e sensibilidade, inclusive musical. Mais tarde, assim como Sinhô, Aurélio Cavalcante e outros pianeiros, até estudou piano, instrumento que já tocava de ouvido. Na adolescência, ficou meio preguiçoso — eu mesmo o advertia por isso —, mas trabalhava para sustentar seus desejos e vaidades, pois já era bastante gastador. Tinha boa voz para cantar e temperamento para viver no mundo da arte. Gostava de magia, espiritismo, orixás, alufás... Era um pouco ingênuo e passível de ser enganado com relativa facilidade. Mas se virava e sobrevivia. Como, por exemplo, ciceroneando gente curiosa quanto aos costumes dos pretos da Praça Onze.

Graças a Nozinho, cientistas e jornalistas conheceram as casas das ruas de São Diogo, Barão de São Félix, do Hospício, do Núncio e da América, onde viviam os pais e mães de santo e se realizavam as festas do candomblé. E foi também graças a ele que muitos intelectuais escreveram, pela primeira vez, reportagens e livros de grande repercussão sobre aquele mundo diferente. O que, aliás, num dos casos, quase terminou em turumbamba, numa confusão daquelas!

Como eu era seu tutor, arranjei para ele uma colocação na fábrica de guarda-chuvas do Natan Fridman, meu cliente em umas questões comerciais e de propriedades. E em pouco tempo o patrão me contava do acerto da minha indicação e da surpresa que lhe causara a facilidade com que o "Nazinho", como ele falava, aprendia tudo, inclusive a língua na qual Natan e a família se comunicavam.

Era o iídiche, um dialeto que mistura alemão com outros idiomas, falado na Europa e nas Américas, inclusive na Argentina e nos Estados Unidos. Esse modo de falar se desenvolveu no seio da cultura asquenaze, dos judeus do centro e do Leste Europeu.

Hoje, a nossa cidade está muito mudada. A abertura da avenida Presidente Vargas fez desaparecerem muitas ruas e locais, inclusive a Praça, em seu traçado original. Os arranha-céus, os viadutos, a política... Essas novidades transformaram muita coisa, até mesmo o carnaval. Mas, embora muita gente não saiba, a Praça Onze reuniu, anos atrás, a maior comunidade israelita do Rio de Janeiro.

Os imigrantes escolheram a localidade porque os prédios da região, com lojas no térreo e moradias nos andares de cima, eram perfeitos para a atividade comercial. Aí, os prédios foram abrigando casas de famílias, clubes, sinagogas... E a Praça Onze virou o que foi: um bairro como o Lower East Side de Nova York, e não uma "Pequena África", nome que só dizia respeito ao gueto onde nasceu Nozinho. Que, aliás, enxerido como ele só, ficava inteiramente à vontade na fábrica e na própria casa do Natan, situada em cima do estabelecimento.

E foi assim que Raquel, a filha do meu cliente — coitado! —, começou a vê-lo com outros olhos.

2. CIDADE NOVA

O dr. Arthur Ramos que me desculpe. Mas a Praça Onze que ele percebeu como a "fronteira entre a cultura negra e a branco-europeia, onde se interpenetraram instituições e se revezaram culturas" — a "África em miniatura" que um dia alguém pretendeu que fosse —, só foi assim até o tempo de Epitácio Pessoa; ou só era no carnaval. Já no governo Bernardes, o que se via era só uns carocinhos de feijão dentro do *kneidale*, aquela sopa suculenta, supimpa, formidável, que a minha inesquecível Fanny preparava. O tempero era bom e gostoso. Mas sobrava no caldo, e não impregnava a sopa com seu sabor baiano.

Entendam bem: quando eu falo "Praça Onze", tanto me refiro à praça propriamente dita quanto ao bairro, também mencionado como "Cidade Nova". E sobre os habitantes é bom que se saiba o seguinte: no dia a dia, a massa do povo de cor estava era na Gamboa e na Saúde, no distrito de Santa Rita e não na Praça, que já pertencia a Santana. Estava mais no "Três Cachos", a malta de capoeiras de lá, do que no "Guaiamus", que era a da Cidade Nova. Estava na Gamboa, de onde se chegava à Saúde, naqueles becos e vielas que vão dar nas escadas do Livramento, no Cemitério dos Ingleses, nas ruas da Harmonia e do Propósito. E naquele emaranhado de paralelas e transversais.

Porque na Saúde é que estavam os primeiros trapiches do sal; o mercado de escravos. Lá é que terminava a área central e fervilhavam as quitandas, os galinheiros, as barracas dos ervanários. Lá, no Valongo e nas ladeiras da Saúde, é que estava a "Pequena África", se é que de fato ela existiu. Porque, na Praça Onze, pelo menos no meu tempo, o que sobressaía, mesmo, era a presença dos imigrantes... digamos... judeus.

Eu sei muito bem que os judeus, naquele tempo, eram uma nação sem território. E sei também que, hoje, na Europa e nas Américas, do ponto de vista social e político, eles são um povo livre e emancipado. Mas... Particularmente, não gosto da palavra "judeu". E não gosto porque o significado é impreciso e muitas vezes distorcido. Primeiro: judeu não é só a pessoa que tem origem na Judeia, onde o Cristo nasceu. É também qualquer um que pratique o judaísmo, mesmo que não tenha nascido lá no Oriente Médio, na Palestina. Além disso, a palavra tem vários outros significados: lá no nosso Norte-Nordeste, por exemplo, judeu é o imigrante que veio da Síria. Já em Minas a palavra dá nome a uma comida, uma espécie de virado feito com frango ao molho pardo e angu; e é um bolo de milho também. Então, eu acho que alguém tem que inventar outra palavra pra expressar direitinho essa condição judaica.

Vejam bem: eu tive, na Praça Onze, diversos clientes, conhecidos e amigos chamados de judeus, como o finado

Natan Fridman. E cada um tinha uma nacionalidade: um era alemão, outro polonês, outro russo, e assim por diante. Então, eu não gosto da palavra.

E "judia"? Pior ainda. Judia é uma espécie de capa de chuva antiga; ou um peixe de água salgada, ossudo... Por isso é que eu não gosto da palavra "judeu", principalmente quando se refere a gente de minha amizade e consideração. Também não gosto quando se fala *fome negra, magia negra, câmbio negro, lista negra, a coisa está preta*. Pode ser bobagem minha, mas não gosto. Quer ver eu me queimar é alguém dizer que eu sou *um preto de alma branca*. Quem é amigo, irmão, gente boa, não pode ser classificado pela cor ou pela nacionalidade. Muito menos pela religião!

Então, como eu ia dizendo, o que mais sobressaía na Praça Onze era a presença desses imigrantes. É claro que havia os baianos; e baiano é sinônimo de africano ou descendente — que me perdoem os Calmon, os Vianna, os Gordilho, os Seabra, os Mangabeira... Havia as batucadas trazidas principalmente de São Salvador e de Cachoeira de São Félix; batucadas que, misturadas ao lundu e a outros ritmos, foram se modificando até chegar ao samba, como hoje o conhecemos. É claro que havia as *tias*, como Dona Ciata, Dona Priciliana e todas as outras, cujas casas ficaram famosas como ponto de encontro de músicos e gente da *seita*, como eles diziam.

No carnaval, era na Praça que os cordões, blocos e ranchos do povo da batucada e dos antigos reisados se exibiam. E era lá que se confraternizavam ou se confrontavam, nas rodas de pernada, os sambadores que vinham dos morros e dos subúrbios. Mas dizer que aquilo era uma África... Só antes do governo Bernardes; ou no carnaval.

Quando, aliás, a polícia estava sempre de olho. Como conta o meu amigo Jaime Zaltman:

— Quando saiu a minha primeira nomeação, eu fui destacado pra cá, pro 14º Distrito, que ficava logo ali, quase na esquina desta famosa Visconde de Itaúna com General Caldwell. Durante o ano quase não tinha trabalho, era uma beleza, sombra e água fresca. Mas no carnaval... hum... Eu cortava um dobrado, era um turumbamba, um fuzuê atrás do outro.

Zaltman é comissário de polícia, hoje aposentado. Estou com ele aqui, numa mesa da Cervejaria Oriental, organizando estas memórias, de coisas que se passaram bons tempos atrás. E por um feliz acaso quem chega e veio também me ajudar nas rememorações é o Jorge Timbira, fundador da União Barão da Gamboa, uma das primeiras escolas de samba a se exibir na Praça Onze:

— Era um lugar muito bonito. Com um coreto no meio. O pessoal contornava a praça, cantando, batucando e dançando. Todo mundo em ordem, brincando direitinho. Mas o senhor sabe como é, né? Sempre tem um estraga-raça, um mais esquentado, um que se excede na bebida, outro de olho na mulher do outro. E aí...

Timbira, claro, defende o seu lado. Mas o comissário Zaltman tem um olhar estritamente profissional sobre o carnaval da Praça Onze.

— No carnaval, o povo dos morros e o que vinha lá de cima do subúrbio davam muito trabalho.

— Mas a polícia perseguia, doutor — Timbira se defende. — A gente vinha pra brincar, pra bater nossos tamborins e nossos pandeiros. Mas, mal a gente começava, vinha a cavalaria e já metia a espada, fazendo todo mundo correr. A gente corria e se escondia lá na Igreja de Santana.

O comissário finge que não entende:

— Tinha blocos e cordões de família, organizados direitinho, com crianças... Esses vinham à Praça Onze pelo carnaval mesmo, pra brincar, se divertir. Mas tinha aqueles que vinham de qualquer maneira, todo mundo sujo, embriagado... Era gente da pior espécie, que não prestava mesmo; gente que não valia nada. Vinha não para brincar, mas para brigar, pra machucar, ser machucado, preso. Elementos da pior espécie. E infelizmente eram a maioria.

Agora, quem chega e vem juntar-se a nós é o Chaminé, que, depois dos cumprimentos e apresentações protocolares, puxa uma cadeira e se integra à nossa roda.

Chama-se Araquém Palmeira, o mulato velho, muito alto e muito magro. É alagoano e jornalista "de polícia e carnaval", como se apresenta, com seu sotaque nortista. E veste sempre paletó preto com colete, calças listradas e cravo vermelho na lapela.

Sua figura evoca a de um personagem imortal da Praça Onze, o dr. Jacarandá, o mais famoso rábula (este era mesmo) da cidade. De quem só difere na estatura; mas a quem se refere com a saudade e o carinho de um filho reconhecido:

— Ninguém levava o meu velho a sério. Mas, na eleição que elegeu o sucessor do presidente Bernardes, ele foi candidato. E muita gente votou nele. Era tido como amalucado, mas, na campanha, seu discurso era contra o preconceito e pela igualdade dos pretos e mulatos na sociedade. Eu sou um simples repórter de polícia e carnaval. Mas meu pai era muito mais importante do que se pensava dele.

E é assim, meio formal e meio avacalhado, como seu pai, que o velho Chaminé pede um vermute, toma uma talagada e entra no assunto, falando quase no estilo do velho Jacarandá:

— Os senhores vão me desculpar, mas a polícia exagerava, exorbitava das suas funções. Eu mesmo presenciei cenas dantescas. Os beleguins vinham a galope, em seus cavalos, brandindo espadas que reluziam à luz dos lampiões. E, aí, se viam um indefeso cidadão de cor com um simples e inofensivo pandeiro, uma inocente cuíca, um alegre tamborim, e até mesmo um violão, então o sujeito estava frito, ferrado, fu-di-de-o-dó. Que me perdoem a expressão. Pior que se fosse socialista, comunista, anarquista; muito pior. Não era brincadeira, não. O senhor sabe disso. O castigo era seriíssimo. O delegado deixava o paciente lá por umas 24 horas.

— O tempo amenizou esse tipo de perseguição... — Zaltman molha a palavra com uma chupada no caneco da Guarda Velha, cerveja inigualável, e enxuga com a língua a espuma no lábio superior. — E isso graças, especialmente, aos políticos. O interesse deles era voto, como sempre foi e continua sendo. Mas aí eles conseguiram pôr fim nesse tipo de repressão.

Chaminé, que já está no segundo vermute (com Fernet branca), resolve falar bem da imprensa:

— Os jornalistas também contribuíram muito pra dar moral ao carnaval.

— Porque perceberam que carnaval também dava lucro, vendia jornal. Crime vende jornal, o senhor sabe disso...

Zaltman é irônico; mas Timbira devolve a ironia:

— Carnaval não é crime, doutor.

— Mas era ocasião pra desordem, pros desacatos, pras rixas. E muitas delas acabaram em assassinato...

Chaminé também é meio político, igual ao pai. Então, procura o caminho da mediação:

— Muita gente junta, não é? E, nesse caldeirão, muitas vezes um acontecimento banal virava notícia. E, como de fato, ainda hoje é assim, quando os indigitados são gente dos morros, gente das cuícas, dos tamborins, dos pandeiros...

— ... Das navalhas...

Zaltman provoca. Mas Timbira escorrega e concilia:

— O pobre de um modo geral é trabalhador, o senhor sabe disso. Mas na hora agá o pior sobra é pra ele. No meu pouco entendimento, a maior desgraça não é ser de cor, não. A maior desgraça é ser pobre...

Aqui, eu levanto, pego o chapéu e peço a conta. O velho filho do dr. Jacarandá, já bem animado, assume a tribuna, imitando o pai:

— No dia em que os morros erradicarem a desordem e a valentia, e os turunas lá de cima decretarem que ninguém tem o direito de puxar a navalha, de ser malandro ou de viver do baralho, aí vai ficar tudo supimpa, tudo X.P.T.O.

Mas Timbira não se conforma:

— O senhor sabe que os lá de cima estão sempre do lado mais forte.

A conversa começa a ficar desagradável e perigosa. Jaime Zaltman tem uma visão do assunto, Jorge Timbira tem outra; e o Chaminé o que gosta mesmo é de carnaval. Os três são meus amigos. Então sugiro que continuemos a conversa em mais uma volta, relembrando o que foi e constatando o que agora é a Praça Onze. Pago a despesa — afinal fui eu que reuni os dois e mais o filho do dr. Jacarandá. Então, saímos. Na calçada, Chaminé tira o velho relógio do bolso do colete, espanta-se com a hora, lembra-se de um compromisso, despede-se e corre pra pegar o bonde pra Cidade. Jaime Zaltman também tem o que fazer; mas eu insisto para que fique mais um pouco. E assim lá vamos nós, o trio original refeito.

A Praça já está bem diferente de como eu a conhecera. Mas eu tenho na cabeça, direitinho, como ela tinha sido; e vou mostrando.

À direita do canal, aponto as ruas Senador Euzébio, de São Diogo e João Caetano. E falo das transversais, todas com nomes de antigas moradoras: Dona Josefina, Dona Felicidade, Dona Delfina, Dona Castorina, Dona Elisa... Imagino essas senhoras como aquelas iaiás e sinhazinhas da fase romântica de Machado de Assis. Vejo-as de cabelos cacheados ou presos em bandós, jovens de olhares oblíquos, ou já entradas em anos, amargando perdidas fidalguias. Mas o Timbira me acorda do meu devaneio com uma indagação das mais prosaicas:

— O senhor se recorda do Seu Artur?

Acordo, paro, penso... E o Zaltman é que devolve a pergunta:

— Qual? O bicheiro?

— É. Esse mesmo.

— Me deu muito trabalho também.

Eu prefiro a galhofa, para desarmar os ânimos:

— E a mim, nunca me deu um bom palpite, nem me pagou um milhar ou mesmo uma dezena.

Nessa altura, já demos a volta na Praça, chegamos à esquina de São Leopoldo com Sapucaí e entramos no Céu Aberto para tomar um refresco. E lembramos o tempo em que aquele pedaço do bairro era marcado pela presença do Seu Artur, bicheiro que tinha ponto fixo num bar da rua de Santana.

Nos sábados e domingos, a presença do bicheiro, que garantia o carnaval dos ranchos e dos cordões, não destoava nem contrastava com a das figuras do sorveteiro, do homem do algodão-doce, dos chefes de família que vinham à rua de tamanco e paletó de pijama comprar pão e jornal. E até se confundia com elas. Mas, durante a semana, de manhã à tarde, os "turcos", como se dizia, eram a presença mais forte e constante.

As lojas ficavam mais lá pro lado da praça Tiradentes. Mas eles movimentavam muito a Praça Onze e as ruas do entorno, principalmente vendendo à prestação. E foi com eles, que iam de porta em porta, que se constituíram e fortaleceram as relações de amizade entre os moradores mais antigos — portugueses, baianos, italianos — e os que foram chegando, da Rússia, da Polônia, da Romênia e até da Hungria.

— Aí, a Praça foi ficando diferente.

— Não resta a menor dúvida! Muito diferente...

A companhia de Jorge Timbira, e até mesmo sua presença ali entre nós, parecia exasperar um pouco o Zaltman. Talvez os dois tivessem uma história qualquer entre eles que eu não sabia. Pois, se soubesse, não os teria reunido a mim nem proposto aquela volta pela Praça. Mas o batuqueiro insistia numa espécie de provocação, contrapondo sua condição de biscateiro — "lustrador de móveis", como se apresentava — à do ex-policial, numa espécie de obsessão inconsciente pela diferença de classes. E o Zaltman, com toda a razão, já estava meio sem paciência:

— Espera aí, Seu Timbira. Minha família nunca foi rica, não. E nenhum daqueles que vieram pra cá no tempo do meu pai tinha dinheiro. Naquela época, judeu melhorado, com alguma posse, vinha era da Grécia, da Turquia, lá daquelas bandas do mar Egeu... sabe onde é? E ia morar em Copacabana, porque tinha mar também. Mas, mesmo pobres, ninguém da turma nunca precisou ser criado, empregado doméstico... Eles sempre trabalharam por conta própria, vendendo, comprando, prestando serviço, exercendo ofício. E as mulheres se defendiam na máquina, costurando pra fora, pras lojas de roupa feita. Foi assim que meus pais pagaram meus estudos.

— Que vocês sempre foram unidos uns com os outros, isso todo mundo sabe.

— As mulheres pedalavam nas máquinas e os homens vendiam nas ruas. Ou eram ourives, batendo martelinho pra fazer anel, brinco, pulseira; serrando e entalhando madeira pra fazer mobília; fundindo e soldando cobre pra fazer panela; consertando relógios, motores, mecanismos... De preferência, por conta própria.

— É... — fala Timbira, com mágoa. — O povo de cor, o nosso povo, sempre aprendeu, mesmo, foi a discórdia, a picuinha, a desunião. Isso foi ensinado no cativeiro. Aí, o mais claro faz pouco do mais escuro; o mais esperto debocha do mais bobo; sempre um querendo ser melhor do que o outro... Depois do 13 de maio, muitos acharam que trabalho com horário e obrigação era coisa de escravo.

Então, começaram a querer fazer papel de patrão. E, como patrão não trabalhava, eles acharam que não tinham que trabalhar também. Por isso é que a gente não vai pra frente.

Essa não era uma boa conversa. A que eu queria e de que precisava era outra. Porque até hoje as pessoas não sabem direito o que é Praça Onze, Cidade Nova... Nem mesmo Estácio. Tem gente que pensa que é tudo uma coisa só. E nós esmiuçávamos esta geografia... Ou, melhor, esta geo-história:

— Vocês lembram? Naquela esquina ali da Senador Euzébio com a rua de Santana tinha a Imperial...

— Sim! Vendia queijos, presuntos, salames, azeitonas, grão de bico...

— Uma ocasião, eu e uns colegas chegamos lá, aproveitamos um descuido do português, roubamos uma mortadela e fomos comer lá no meio da Praça, debaixo do chafariz. Fizemos um piquenique.

— Ali, descendo a Itaúna, indo pro Campo de Santana, tinha uma casa de artigos de couro: arreios, selas, chicotes, malas, cintos...

— E subindo, depois do Distrito, ficava a casa de pianos do Seu Moacir.

— Isso! Lá é que o Sinhô divulgava as músicas que fazia, tocando pro povo.

— Cada maxixe melhor que outro. Em primeira mão!

— No plural, porque ele tocava com as duas.

— Tinha a Casa das Grinaldas, a Casa Fortuna, de tecidos de luxo, diversas casas de fazendas, lojas de ferragens...

— O cinema Onze de Junho, o Teatro Centenário, o Foto Itajubá...

— Na Cervejaria Vitória tinha aquela farra do *fechar uma rosca*, que era encher toda a volta da mesa de cascos vazios de cerveja.

— Pois é, um grande feito, um acontecimento. E o jornalista Francisco Duarte era o bambambã nisso, e em outras coisas também. Aliás, a prefeitura está devendo uma estátua a esse homem: muito do que hoje se sabe sobre a Praça Onze deve-se a ele.

— Francisco Duarte! Sabia o nome de todas as cervejarias... dos clubes de dança! Sabia que isso aqui era um mundo. De paz, harmonia, fraternidade, trabalho. Mas, no carnaval...

Nos três dias de Momo, a coisa era séria mesmo. O Código Criminal do Império, do tempo do escravismo, proibia "fazer nas ruas e praças públicas exercícios de agilidade e destreza corporal conhecidos pela denominação de 'capoeiragem'". Uma outra passagem do código estabelecia a proibição de "andar em correrias, com armas ou instrumentos capazes de produzir uma lesão corporal, ameaçando pessoa certa ou incerta, ou incutindo temor de algum mal". O Código da República conservou esses dispositivos. E isso atingia as rodas de pernada, que aconteciam principalmente na famosa "balança" da Praça Onze, entre os fundos da Escola Benjamin Constant e o início do canal do Mangue, de frente para a rua Visconde de Itaúna, quase na ponte da Sapucaí.

O termo "balança", muito mais do que referência a um instrumento de pesagem, dizia respeito a um local onde se pesava a destreza e a força dos batuqueiros. Era uma espécie de alpendre, um telheiro; e nele ficava um dos dez equipamentos da prefeitura destinados a pesar os veículos de carga, para evitar o excesso de peso nos de tração animal. Isso, no meio do ano. Porque, no carnaval, essa *balança* — ou seu alpendre, dizendo melhor — era onde aconteciam e se exibiam os grandes batuqueiros, nas rodas de pernada.

Nesse momento da conversa, o ex-comissário Zaltman, certamente fingindo-se de bobo, diz que não sabe direito o que é *pernada* e o que é *batucada*. Eu, particularmente, sei que pernada é rasteira, banda, tiririca, um dos golpes da capoeira, que acabou ganhando vida autônoma. E batucada é a roda formada para o jogo. Mas não digo nada.

É aí que o Timbira, orgulhoso em poder finalmente ensinar alguma coisa ao *autoridade*, pontifica:

— Pernada é o senhor ficar assim parado... Dá licença...

O malandro ajeita o corpo do comissário.

— Isso! Assim. Aí eu venho, e pá!

Timbira ginga prum lado, ginga pro outro e canta:

— "Pau rolou, caiu/ Lá na mata ninguém viu."

Eu só percebo quando o Timbira manda a perna, vupt, e o Zaltman, desequilibrado, atônito, desmorona e se esparrama no chão sem saber como tinha caído.

Pois a pernada, batucada ou samba-duro é isso: um jogo de destreza corporal. Abre-se a roda, com os refrões e palmas dos participantes, e no meio dela se planta o valente, esperando o golpe. Se conseguir se manter de pé, ganha o direito de aplicar a próxima pernada no parceiro que escolher.

O Zaltman não faz por merecer esse direito. Mas também não se aborrece. Pelo contrário: ri amarelo, sacode a poeira da roupa e fica ali meio sem graça, ainda querendo entender o que aconteceu.

No carnaval da Praça Onze, especialmente na balança, brilharam batuqueiros célebres, como Neca da Baiana, Brancura, Maçu, Antenor Gargalhada, Tio Faustino, Wilson Moreira... Eram valentes, sim; mas não necessariamente malfeitores ou delinquentes. Eram figuras heroicas, responsáveis pela ordem interna de seus redutos e defesa de seus grupos. Praticamente todo bloco, cordão ou clube tinha pelo menos um valente, sempre lembrado com respeito e admiração.

Timbira, agora passando da prática à teoria, ajuda na explicação:

— Lá na União, muitas vezes o pau comia. Então, era Nozinho que tinha de aguentar o rabo. Nozinho era o homem que resolvia.

— Dá licença, Timbira. Que Nozinho é esse de que você está falando?

— Ué... O Nozinho da Gamboa, doutor. O senhor não conheceu, não?

— Conheci um Nozinho. Mas não era nenhum bambambã, não. Era um bom rapaz, estudioso, falava várias línguas. E não era da Gamboa: era daqui mesmo, da Praça Onze.

— Ah, doutor! O Nozinho era de todo lugar. Ele tinha uma apresentação em cada boca da cidade!

— Então, era o mesmo?

— Pois então? Nozinho falava até a língua dos turcos, dos gringos. Foi por isso que se desgraçou. Fez mal à filha de um deles. Aí, a família da pequena mandou matar o rapaz. Então, riparam ele numa trairagem: na rua do Propósito, na Saúde.

3. OS MORTOS-VIVOS

Na região da Praça Onze, a área que concentrava o maior contingente de pretos era a encosta ocidental do morro do Pinto, chamada Quingongo — em alusão a um famigerado feiticeiro que morava e praticava suas *malas artes* por lá. Quingongo é uma entidade do povo do Congo, um inquice ou incoce, que no Brasil foi associado ao Obaluaiê ou Omulu dos nagôs. E o nome vem de *kingongo*, varíola, na língua conguesa.

As supostas origens dos casebres que já se amontoaram fizeram nascer e se espalhar lendas fantásticas, algumas do mais completo absurdo. Uma delas contava que seus habitantes originais constituíam a escória, absolutamente inaproveitável e desprezível, do último dos navios negreiros a aportar no cais do Valongo. Eram o resto de um carregamento de homens, mulheres e crianças, totalizando umas noventa cabeças, todos condenados, marcados e chagados pelas mais terríveis moléstias pairando no ar e no mar da Grande Travessia. Nuns era o ainhum, que estrangulava os dedos dos pés provocando dores lancinantes e levava à amputação; noutros era a bouba, altamente contagiosa, que estraçalhava a pele; noutros mais era o maculo, a mais terrível das disenterias; noutros ainda era o gundu, que deformava os narizes, transformando os rostos em máscaras horrendas...

Em todos, o estigma inexorável de Kúfua-Kalunga, a morte desonrosa, degradante, sem luto ou funeral, sem direito a nada a não ser o lixo, o monturo, o descarte, o extermínio absoluto.

Dizem uns que esses infelizes foram deixados no Saco do Alferes para morrerem ali mesmo, sendo seus poucos restos bicados pelos urubus e levados para dentro dos mangues para repasto de siris, caranguejos e guaiamus insaciáveis. Mas conta a lenda que um entre eles, em certo momento, tocado por uma força desconhecida, recobrou o entendimento, colocou-se de pé enquanto seu corpo — pele, músculos, nervos, ossos — se recompunha e, banqueteando-se exatamente dos predadores, aves carniceiras e crustáceos vorazes, que agarrava, estraçalhava a dentadas e engolia, despertou do sono, um a um, seus malungos, companheiros de travessia e desgraça.

— *Quingongo! Quingongo!* — proclamavam os ressurgidos, em meio à balbúrdia fantasmagórica.

Era o reconhecimento de que ali estava o não sabido, mas esperado, desde a Passagem do Não Retorno. E assim surgia, nas águas sujas do Saco do Alferes, a legião dos mortos-vivos que, aos poucos, ainda trêmulos e vacilantes, galgou o morro do Nheco, chegou à Pedra Lisa e se instalou lá em cima, sem lei nem ordem, e sem qualquer perspectiva de progresso.

Com o passar dos anos, crescendo, multiplicando-se e reproduzindo-se em grandes proporções, passaram a descer do Quingongo até a Praça Onze — segundo a ótica da cidade e por ela se espalhando — o medo, o vício, o crime, as doenças, os maus costumes, a feiura horrenda, personificada nos filhos, netos, bisnetos e tetranetos da escória, da ralé, da legião de párias. Mas também de lá é que vinha — embora a cidade quase não percebesse — a força de trabalho quase gratuita e a mão de obra aviltada da qual a ordem e o progresso da nação tanto dependiam. Como até hoje.

No levante contra a lei da vacina obrigatória, foi do Quingongo que desceram todas aquelas tralhas que se amontoaram sobre as barricadas de paralelepípedos. Afinal, Prata Preta, o general de Port Arthur da Saúde, morava lá em cima.

Era de lá também o Ciriaco, capoeira que tirou a prosa do tal Koda-Kan, campeão japonês de jiu-jítsu, num ringue armado na recém-aberta avenida Rio Branco. Da mesma forma, lá é que Pinheiro Machado, o dono da República Velha, mandava recrutar os capangas que garantiam, na navalha e no petrópolis, boa parte de sua liderança. Dizem, inclusive, que João Cândido tinha no Quingongo uma cabrocha, a Filomena, em cuja intenção ele teria promovido toda aquela turumbamba na baía de Guanabara. *Só pra se mostrar*, como diziam as línguas de afofô. Ela era filha de Dona Maria Soldado, aquela senhora que, na parada de Sete de Setembro, vinha sempre com banda do Batalhão Naval, dólmã vermelho, quepe e saia branca, fardada de fuzileiro.

Na cabeça da cidade, entretanto, os ecos do Quingongo reverberavam mais era nos nomes dos feiticeiros: Tumba-Quissambo, Samba-Tumboco, Xamucambo... Cada nome! Gente braba, mesmo!

Por aí a gente vê como a coisa era pesada. Até que um dia alguém, talvez um jornalista, se referiu ao lugar, por deboche e pela grande concentração de pretos, como Sudão.

Este nome vem do árabe *sud* ou *saud*, negro; e foi durante muito tempo aplicado a toda aquela parte da África do Senegal ao mar Vermelho, entre o Saara e as florestas. Depois, acabou por se restringir à região ao longo do rio Nilo que, na época dos faraós, fornecia ao Egito guerreiros e trabalhadores, além de suas próprias riquezas e outras, vindas do interior. E isso eu aprendi por minha conta, porque na escola nenhum livro nunca ensinou.

Na época do Nozinho, o país chamava a atenção e aparecia nos jornais por ser governado pela Inglaterra e pelo Egito ao mesmo tempo. Os dois formavam uma espécie de condomínio; o país passou a se chamar Sudão Anglo-Egípcio. E o nome ficou.

Agora... Aqui na região da Cidade Nova, do Sudão — sacanagem, chamar assim! —, é que vinham o suor do corpo, o sangue das veias e principalmente as lágrimas que brotavam dos olhos da Praça Onze. De lá de cima é que desciam, repito, os piores salteadores e assassinos, como China Preto, Lamparina, Nego da Praia, Pretinho Joia; os mendigos mais miseráveis; os menores mais abandonados e desvalidos; os loucos mais desvairados... De lá é que vinham, mais ou menos como naquelas cenas do "Navio negreiro", o poema de Castro Alves, a opressão, a miséria e a tristeza mais triste.

Em contraponto ao Sudão havia o Monte Sião — outra sacanagem da imprensa racista —, o qual, entretanto, ignorando o preconceito, congregava a mais trabalhadora, mais ordeira e mais organizada sociedade judaica no Rio de Janeiro. Mas Nozinho vinha mesmo era do Sudão.

4. CRIME E CASTIGO

Quem primeiro me falou da infância do nosso herói foi Dona Dioclécia Marciana dos Santos, a Tia Dió, senhora baiana muito conceituada e respeitada na Cidade Nova, na Gamboa, na Saúde, no Santo Cristo e em toda a cidade. Morava na rua Barão de São Félix, vizinha de João Alabá e Assumano, e bem perto do cortiço onde morou e morreu Dom Obá I, o Príncipe Obá. Em sua casa foi que a célebre ialorixá Mãe Mocinha esteve hospedada, quando veio ao Rio em missão secreta. Durante esse período, Tia Dió teria auxiliado essa venerada sacerdotisa em diversas e complexas cerimônias, realizadas em várias partes da cidade.

Dona Dioclécia me contou que o menino Nozinho era do Sudão, mas dormia no porão de um palacete no Rio Comprido com a mãe, criada da família. Que ele, com uns 5 anos de idade, vivia pedindo à mãe e a todo mundo pra ir pra escola, porque queria aprender a ler. E a mãe não resolvia. Até que um belo dia saiu sozinho pra rua e entrou numa escola que havia no antigo largo do Bispo. Entrou;

não se sabe como, chegou à sala da diretora e disse o que queria. Aquilo foi um espanto: um molequinho de 5, 6 anos de idade querendo frequentar os bancos escolares. Mas ele foi... E assim teve oportunidade de demonstrar sua inteligência fora do comum e sua vocação extraordinária, formidável, para falar línguas estrangeiras. Uma inclinação que até parecia coisa sobrenatural; coisa do Espírito Santo, como diziam os bíblias.

Eu também sempre gostei muito de línguas, principalmente do estudo das origens das palavras. E tive a sorte de ser aluno de Antenor Nascentes, Jacques Raymundo e Hemetério dos Santos, três crioulos da fuzarca nessa matéria. E, aí, eu me esbaldava com ele.

Mas a mãe do Nozinho morreu, fraca do pulmão, de uma tísica feia, galopante. E, apesar de os patrões terem lhe garantido o estudo, o moleque ganhou a rua e se instruiu, por sua própria conta; *sponte mea* — como dizia, em latim. Sozinho, frequentava bibliotecas, como a da Associação Judaica, a Biblioteca Nacional e o Real Gabinete Português de Leitura. Bisbilhotecava nas livrarias, lendo jornais e conversando com intelectuais e turistas estrangeiros. Em algumas delas, como a Garnier, a Laemmert e a Feuilles Sèches, às vezes tinha problemas, por ser visto como um moleque dos morros ou dos cortiços, o que não era de todo falso. Nessas ocasiões, agarrado pela gola do paletó, bradava em francês castiço:

— *Arrêtez, monsieur! Pauvre, certement! Analphabète, jamais!*

Na rua, como era previsível, Nozinho aprendeu também coisas bastante condenáveis, como imitar com perfeição as letras e falsificar as assinaturas do seu protetor (antes da minha tutela) e do diretor da Escola Benjamin Constant, onde estava matriculado, mas raramente aparecia. Além de outras fraudes espantosas para sua pouca idade.

Mas o patrão acabou descobrindo as atrapalhadas. E, temendo prejuízos maiores, desobrigou-se do compromisso de acabar de criar o órfão e mandou-o ir à vida. E foi nesse pé que se deu o crime da tal Madame Holofote.

O Código Penal da República, na época, definia que, a partir dos 9 anos de idade, qualquer criança envolvida em ato ilícito da esfera penal poderia ser qualificada como menor infrator. E, se o juiz entendesse que o menor tinha discernimento para compreender que seu ato antissocial configurava uma transgressão, ele poderia ser encaminhado a um estabelecimento disciplinar industrial, onde permaneceria até os 17 anos.

Imaginem vocês! Um menino daquele, falando francês e castelhano, e ainda por cima cantando bem, tocando e dançando com todo aquele ritmo, não poderia jamais ir para uma escola técnica. Ainda se falasse inglês ou alemão, vá lá. Mas ele era um artista! Pelo menos era assim que eu pensava.

Então, resolvi arriscar. Requeri ao juiz do caso assumir a tutela do menor Lindonor Santana e o requerimento foi deferido. Assim, sabendo-o já amparado em termos de moradia, apenas me preocupei em lhe arranjar, mais tarde, uma colocação, um emprego. Que, com as necessárias recomendações de bom comportamento, ajeitei na fábrica do meu cliente Natan Fridman.

Lá, Nozinho começou fazendo faxina, arrumando coisas, cumprindo pequenos mandados. Mas, passado o tempo, um dia o Natan, percebendo seu potencial, o colocou para atender no balcão. E aí o *nosso herói* passou a vestir quinzena preta, calça e colete escuros, camisa branca de gola deitada, como era usual entre os associados — o que ele logo se tornou — da Sociedade Bem-Estar dos Caixeiros. E, além do trabalho na loja, atendendo fregueses, volta e meia ele ia fazer entregas, quase sempre a pé e nos percursos mais longos, viajando no bonde "taioba", antes chamado de "caradura".

Esse era o bonde de um tostão, dos passageiros mais humildes, que podiam viajar descalços e sem colarinho; o que não era o caso do Nozinho, agora sempre bem-vestido. Ele gostava porque no taioba podia-se embarcar com qualquer tipo de bagagem, caixotes de frutas, jacás com galinhas, trouxas de roupas, tabuleiros de doces, embrulhos de qualquer tamanho. E assim apurava o ouvido para ouvir as conversas, distinguindo sotaques, aprendendo palavras novas, bonitas e feias. E sendo admirado pelos seus trajes de rapaz bem-encaminhado na vida.

Olhando e ouvindo aquela gente, Nozinho sonhava em trabalhar numa grande firma, muito maior que a do Seu Natan, ser promovido a encarregado, depois a "interessado"; ser credenciado como sócio e depois tornar-se um negociante bem-estabelecido, um capitalista forte, um patrão, independente e livre; e chefe da família que um dia, por certo, constituiria. E, até chegar lá, sonhava ser um caixeiro ainda mais bem-vestido e elegante, de anel no dedo, alfinetes e botão de peito, gravata lustrosa e botina de pelica. E aí já não mais a bordo do taioba, mas numa loja da Ouvidor ou da Gonçalves Dias, deslumbrando a freguesia com suas ideias e seu talento para falar todas as línguas estrangeiras que quisesse.

Em pouco tempo, meu tutelado acabou se tornando uma espécie de *personalidade* da Praça Onze e da cidade. Era *o preto que falava iídiche*, como foi mencionado no título de uma reportagem assinada por certo Jota Erre e publicada no *Diário de Notícias*. Então, passou a ser sempre procurado por repórteres incompetentes para opinar sobre todos os assuntos. Como, por exemplo, na velha polêmica em torno da gravação de "Pelo telefone".

Surgida, pelo que diziam, espontaneamente, na casa de Tia Ciata, numa roda à moda baiana, em que cada um acrescentava um pedaço pra formar uma historinha, o batuque foi gravado na Casa Edison com autoria atribuída ao violonista Donga e ao jornalista Mauro de Almeida. Então, a dupla foi acusada de ter registrado a canção como sua para gravar em chapa e embolsar uns caraminguás. Anos depois, ainda acesa a discussão, Nozinho deu uma declaração à cidade do Rio, colocando-se ao lado de Donga e Mauro, com aquela justificativa safada: *Música é que nem passarinho; é de quem pegar primeiro*.

Como ganhava pouco na fábrica do Natan, o herói dava seu jeito. E um dos seus biscates ainda era ciceronear jornalistas, escritores e artistas em busca do exótico, do sensacional, do belo horrendo, da verdade nua e crua pelos meandros da cidade velha e da Cidade Nova. Então, revelou a um o mundo dos feitiços, a outro, os trabalhadores da estiva, a outros mais, os cordões carnavalescos. E assim ia levando a vida, gozando do respeito e da consideração da bem-constituída família do meu cliente Natan Fridman, o qual tinha chegado aqui bem pequeno, ainda no colo da mãe.

Os primeiros imigrantes israelitas a virem em massa para o Brasil chegaram na década de 1880. Retirados de seus países por uma agência de viagens especializada, eles vinham fugindo da perseguição e das restrições que sofriam no Leste Europeu e no Oriente Médio, em busca de vida nova. E rapidamente se tornaram uma parcela importante da população carioca, impulsionando nossa vida econômica e o alto comércio. Mas, entre eles, havia grandes diferenças de classe e de estilos de vida.

Minha avó, que morava em São Cristóvão, onde eu fui criado, tinha, como ela dizia, um "freguês", Seu Izaque, que lhe vendia tudo o que nós tínhamos em casa. Mesa, cadeira, armário, fogão, bateria de cozinha, tudo! Vendia roupa também; e até sapatos pra nós todos. No final do mês, ele chegava lá em casa e vovó já vinha com o copo de água fresca e o dinheirinho dela pra pagar. E, quando ela não tinha, Seu Izaque voltava na outra semana. Aí, ela pagava, ele anotava nos cartões quanto tinha e quanto faltava, devolvia o cartão dela e, depois de tomar o irrecusável cafezinho, se despedia, tirando o chapéu: "Até pro mês, freguesa."

Era engraçado o Seu Izaque, sempre de terno, gravata e chapéu pretos. Mesmo com o maior calor. Suava por todos os poros, coitado! Já os judeus mais abastados, de um modo geral, tomaram o rumo da zona sul, por causa do mar, talvez parecido com os mares que deixaram para trás. Os outros se instalaram em maioria na região da Praça Onze; e este foi o caso dos pais dos primeiros Fridman:

— Nosso povo seguia, acima de tudo, três regras: ser solidários uns com os outros, na alegria e na tristeza; prestar ajuda em qualquer circunstância; e prevenir o futuro. Nas nossas casas, depois da oração e da comida, o principal era a educação dos filhos. Por isso, podia faltar brinquedos, mas não podia deixar de haver jornais, revistas e livros. E ninguém gastava mais do que podia e devia gastar.

Assim mesmo, com toda essa dificuldade, me falava o meu cliente e amigo Natan Fridman, um homem capaz de esforços enormes, não só para falar português como para vencer na vida. Tinha o carisma de um líder e o usava para conseguir o que ambicionava, sempre com responsabilidade e perfeccionismo. Tinha o dom de acumular capital e bens. Como também acumulou gordura. E seu casamento com Dona Eva teve como principal motivo o dinheiro da família dela e não o amor, como ele mesmo dizia.

O sobrado da rua Visconde de Itaúna pertencia ao espólio de um grande do Império. E nele, por um aluguel razoável, a família ocupava o andar de cima e o térreo servia à fábrica de capas, nos fundos, e à loja, que, além das capas, vendia guarda-chuvas, bengalas, chapéus, galochas e outros artigos pertinentes.

O ambiente doméstico e ocasionalmente o da loja tinham a lhes encher de frescor a juventude de Raquel, a filha única de Natan e Eva.

Essa bela moça, que tinha mais ou menos a idade de Nozinho, vivia para o mundo. Era muito atraente, não só pelos dotes físicos como pelo magnetismo que transmitia. Além disso, tinha ideias muito avançadas, tanto para sua idade quanto para o ambiente em que vivia. Seu pensamento era muito original, e ela gostava de desafiar as convenções e seus próprios limites. Mas não era assanhada nem namoradeira.

Já sua mãe, Dona Eva, era o tipo da mulher amarga: não fora favorecida pelo amor e sabia que Seu Natan tinha casado por interesse. Ingênua nos assuntos do coração, não tinha a menor ideia da fantasia do romantismo e do lirismo. E guardava ressentimentos de um coração partido para sempre. Não acreditava em juras e promessas. Por isso, falava sempre a verdade, sendo franca demais e ríspida, até. E quase sempre se precipitava em seus julgamentos e decisões.

Nozinho não era o único *sudanês* na casa do Natan. As tarefas mais subalternas da casa, como limpeza, arrumação, lavagem e passagem de roupas, além de compras de quitanda, armazém, carne e peixe, eram responsabilidade da Zezé, ainda quase uma menina.

Zezé vestia-se certamente como se vestiam ou se tinham vestido a mãe, a avó e a bisavó: saia comprida até o tornozelo; blusa sem gola e sem mangas, solta no corpo, braços à mostra; pano na cabeça; pés descalços. Comportava-se, também, guardando uma espécie de atavismo, como certamente se comportavam suas antepassadas: na chegada, tirava as chinelas ou tamancos, cumprimentava de cabeça baixa e seguia para a cozinha ou para o tanque, sem dar um pio. Só vinha à sala quando chamada. Mas naquele dia, sabe-se lá por que razão, Zezé tomou a iniciativa:

— Dona Eva, quero falar uma coisa pra senhora...

— O que é, menina? Que coisa é essa que você quer falar comigo? Desembucha!

— É uma coisa que eu vi...
— Ih! Você agora deu pra ver coisas, é? Anda, fala! O que foi...
— A Raquel...
— O que é que tem a Raquel?
— Mais o Nozinho...
— Como? O quê?
— Eu vi ela se beijando com o Nozinho.

A primeira reação de Dona Eva foi esbofetear Zezé por difamar sua filha. Mas recuou. Resolveu saber da própria Raquel o que ela tinha a dizer sobre aquilo. E ouviu.

A filha não só confirmou o beijo como disse à mãe que Nozinho era seu primeiro amor. E que, com quase já um ano de romance, ela o via como um namorado sério, com quem pretendia se casar. Só esperava que o pai o colocasse como interessado na firma e desse a ele certeza de uma colocação melhor, para ficarem noivos.

Dona Eva, aos berros, sem a menor discrição, disse à filha que era um absurdo, um disparate, ela querer namorar um *goy* pobre e, além de tudo, *shvartser*, preto. Ameaçou se matar, se isso acontecesse. E, como Raquel insistiu, ela, desesperada, histérica, arrancando os cabelos, contou tudo para o marido. Que no dia seguinte me fez todo este relato, chorando, e acrescentando o detalhe sinistro:

— E ela está esperando filho.

A notícia explodiu como um petardo na casa do Natan Fridman, espalhando estilhaços por toda a Praça Onze. Vizinhas mais próximas, as velhas Faiga, Golda, Lea, Levana, Liora, Rina e Sara invadiram a casa. Como um bando de harpias, vociferando e imprecando em iídiche, elas incentivavam a família a expulsar Raquel de casa, em nome da moral da comunidade, para que seu mau exemplo não contaminasse suas filhas.

Natan, claro, na noite daquele mesmo dia funesto, veio se queixar comigo, querendo que eu assumisse a responsabilidade e botasse *aquele moleque safado*, como ele disse, na cadeia. Eu fiz ver a ele que não era assim que se tratava esse tipo de problema. Afinal de contas, Nozinho era um bom rapaz, esforçado, trabalhador; e com toda a certeza saberia honrar o compromisso de um casamento.

Quando falei em casamento, o pobre Natan arregalou um olho deste tamanho, atingido por minhas palavras, como se eu o tivesse ofendido no mais fundo de sua honra. E me contou que chegara a pegar um revólver para matar o Romeu (por sorte não encontrou o abusado). E que já mandara a filha para a casa de uns parentes em Porto Alegre, no Rio Grande.

Chegando em casa, mais fulo ainda do que já sou, chamei o safado do crioulo às falas. Avisei que ele tinha sido banido da casa dos Fridman e se tornado um proscrito, *persona non grata*, por toda a comunidade hebraica da Praça Onze. Mandei que arrumasse as malas, o que ele, sabido, já tinha feito. Disse então que me acompanhasse, pois eu ia levá-lo pra bem longe. Pra casa do Habib, um cliente libanês que estava construindo um bairro na estação de Areal, no ramal da Estrada de Ferro Rio d'Ouro, freguesia de Irajá.

— Eu vou, sim, padrinho. Mas, quando passar essa onda, eu vou atrás dela. E vou achar Raquel onde ela estiver; até no inferno. Ou no fim do mundo.

E foi. Mas eis que, dias depois, estava eu lá, naquele papo de cerca-lourenço com meus camaradas, quando de repente fui abordado por dois sujeitos de maus bofes. Tinham caras e sotaques de estrangeiros, vestiam ternos de casimira, usavam boas gravatas e chapéus de feltro, desabados, cobrindo o rosto; e me abordaram com estupidez, querendo saber onde eu tinha escondido o *moleque safado*, o *negro deflorador*. Apesar da fala complicada, entendi muito bem o que eles queriam; e percebi que portavam armas de grosso calibre. Mas não me intimidei; e fiz ver a eles que estávamos no Brasil e não na Sicília, nem na Síria ou na Palestina. Disse que nós aqui ainda vivíamos em pleno gozo de nossas prerrogativas constitucionais, e que coerção só com mandado judicial. Foi aí que o Zaltman meteu a mão no bolso interno do paletó e sacou a carteira de delegado de polícia; e, mesmo aposentado, deu ordem de prisão aos carcamanos. Ao mesmo tempo, o Timbira sacou o apito de mestre de harmonia que sempre carregava consigo e deu dois trilados longos e um breve. Pra quê, meu senhor!? De repente, mas muito de repente mesmo, surgiu da Carmo Neto, da Doutor Ezequiel, da General Pedra, daquelas bibocas de lá, uma nuvem de malandros de todos os tipos, pretos, brancos, índios; altos, baixos, gordos, magros, brandindo cacetes, bengalas, facas, navalhas, martelos, serrotes, colheres de pedreiro... Em menos de cinco minutos os gringos estavam picando a mula, correndo, a malandragem atrás, pulando os trilhos, e sumindo lá por trás da Central.

O caso é que o Natan, no calor dos acontecimentos, andou querendo dar queixa contra o Nozinho por defloramento de sua filha. Mas eu fiz ver a ele que, para isso, teríamos que ter o corpo de delito, comprovado através de exame na moça. Aí, ele teria que trazê-la de volta de onde estava para fazer o exame, conforme o artigo 267 do Código de 1890. E submeter a menina a um exame desnecessário. Aí, ele pensou bem, viu que ia gastar tempo e dinheiro à toa... Mas não desistiu de *dar uma lição naquele moleque*, conforme disse. Então, com certeza o Natan não tinha nada a ver com esses pilantras. Mas eles eram mafiosos: queriam fazer uma vendeta e apresentar a conta pro pobre coitado.

5. CORPO FECHADO

Areal, bucólico arraial na freguesia de Irajá, hoje com outro nome, nascera em terras pertencentes, em sua maior parte, aos herdeiros do velho Antônio Costa Barros. Como outros espertamente já haviam feito, esse fazendeiro cedeu uma faixa de suas terras para que nela corressem os trilhos da Estrada de Ferro Rio d'Ouro e se erguesse a pequena estação. A ferrovia liga a localidade do Caju, à beira da baía de Guanabara, à serra do Tinguá, onde ficam as adutoras que abastecem de água a cidade do Rio de Janeiro. É terra de antigos engenhos, cortada pelo outrora caudaloso e piscoso rio Acari, e já quase na divisa do Distrito Federal com o estado do Rio.

Lá, de início, a rotina do deprimido Nozinho — como depois eu soube — se resumia ao banho no rio, à caça de pequenos animais silvestres, à leitura de livros e mais livros, e a fumar tabanagira, o que o aliviava um bocadinho da dor que sentia no lado esquerdo do peito.

Até que, saindo um pouco da leseira, veio a passar algumas horas de seus dias batucando sozinho em tudo o que encontrava ao alcance da mão, como latas de biscoito, manteiga e banha. Experimentava ritmos, frequências e timbres, incorporando a cada dia novos elementos, quando, certa feita, alguém ouviu a batucada e se interessou por ela.

Era o professor José Teodoro Burlamáqui, mestre-escola que mantinha nas vizinhanças o único estabelecimento de ensino de toda a freguesia, o qual até hoje dá nome àquele trecho no entroncamento da estrada da Pavuna com a do Barro Vermelho: "Lá no Colégio", diz o povo.

O professor se encanta com a polifonia. E pergunta ao Nozinho se ele não quer experimentar aquele som com os instrumentos de percussão utilizados pela pequena banda de música do colégio. Nozinho vai e, extremamente habilidoso, reúne vários elementos em um só, faz algumas adaptações com a ajuda de um ferreiro local... E cria um instrumento ao qual dá o nome de *bateria*.

O que ele, entretanto, não sabe é que desde a década de 1890, no sul dos Estados Unidos, esse tipo de traquitana, com caixas, bombos, pratos e sinos, já existe, inventado por um músico anônimo; e já começa a ser adotado no Brasil, em grupos que se autodenominam *jazz bands*.

Seu Habib, estoicamente empenhado na transformação do Areal num arrabalde, com casas, comércio, escola e indústria, já se incomodava bastante com a indolência do rapaz. E agora se irrita mais ainda com sua inventividade, voltada para algo sem nenhum sentido objetivo e prático. *Como aliás é comum na gente da Praça Onze*, diz ele. Mas suporta o Nozinho, porque, ou mal ou bem, ele vem aprendendo alguma coisa de árabe. E principalmente em nome da amizade que tem com o professor Burlamáqui, com seu advogado e, sobretudo, com o livreiro Manuel Mattos, que os apresentou. *Paciência!,* pensa ele lá com seus botões. *Areal anda pra frente; e a Praça Onze continua no mesmo lugar.*

O amigo Manuel, na livraria da rua Larga, discorda de Habib, mostrando ao comerciante fundador de cidades o seu engano. O bairro da Praça Onze — observa o livreiro — também estava indo, fervilhando de ideias e iniciativas progressistas e de futuro. Verdade.

Os imigrantes continuavam a chegar, estabelecendo-se a partir das ruas Visconde de Itaúna e Senador Euzébio, e também nas adjacentes. Ocupavam sobrados e lojas, como havia feito a família do coitado do Natan Fridman. E iam impondo sua marca na região, com suas sociedades de ajuda mútua, sinagogas, escolas; seus teatros, e outros centros de diversão.

O traço mais evidente que deixavam era o da solidariedade, sedimentada pela invejável rede de relações familiares, de vizinhança e de negócios que mantinham. E o mais importante: embora vindos de países diversos, tinham uma língua única para se comunicar, o iídiche. Tanto que essa palavra acabou sendo usada como sinônimo de judeu; ou israelita, como eu prefiro.

De início, os baianos — que, embora em menor número e menos concentrados, tinham chegado antes — não viram os iídiches com bons olhos. Muitíssimo pelo contrário. E descarregaram sobre eles todo o preconceito que, de tanto serem vítimas, por sua cor, acabaram incorporando e devolvendo. Mas lá da Bahia, da Barroquinha, pela boca de um velho sábio africano, veio o recado: *No universo não existe "grande" nem "pequeno". O que existe é a harmonia entre coisas de tamanhos diferentes. Por isso, a principal preocupação de cada ser humano tem que ser unir sua família e seu povo para que respeitem seus ancestrais, suas origens e a memória dos fatos passados. Este é o único caminho para se fortalecer e viver feliz.*

É claro que isso não foi dito assim com essas palavras. Mesmo porque foi em nagô ou em outra daquelas milhares de línguas faladas na África. Mas foi assim que eu anotei e guardei, para o livro que um dia iria escrever sobre a vida desse inacreditável preto que falava a língua dos iídiches.

Na Bahia, desde o tempo do cativeiro, africanos e crioulos — que eram os nascidos em terra brasileira — também já se organizavam. Tanto que, já em 1832, um grupo de libertos fundava uma sociedade com o objetivo de angariar recursos para auxiliar pessoas necessitadas e que se denominou Sociedade Protetora dos Desvalidos. Ela só não conseguiu ser legalizada em cartório, pois isso não era permitido a pessoas consideradas *sem qualificação social*. Mas mesmo assim ela foi pra frente, reunindo cada vez mais associados, inclusive arrecadando fundos para comprar a alforria de muitos escravos. E as regras para o ingresso de sócios eram rijas, havendo inclusive casos de pretendentes que não conseguiram se associar, por não provarem que eram, mesmo, africanos ou descendentes.

Os fundadores da Sociedade eram, de fato, gente do povo: carroceiros, pedreiros, carregadores, marceneiros, marítimos... Que receberam apoio dos padres da Igreja das Portas do Carmo. A Igreja Católica, naturalmente querendo afastar o povo de cor das crenças africanas, incentivou cultos a santos pretinhos, como Nossa Senhora do Rosário, São Benedito, Santa Ifigênia, São Baltazar, Santo Elesbão... Aí, surgiram irmandades de pretos, de pardos e de misturados. E isso foi também um fator que contribuiu para a união dos oprimidos. Como era o sentido da mensagem que chegava da Bahia para o povo baiano do Rio e seus mais próximos, que vinham do vale do Paraíba do Sul, da região de Campos dos Goytacazes e de algumas localidades mineiras e do Espírito Santo.

— A chuva não cai num telhado só, não é mesmo?

— Pois, então: os amigos dos nossos amigos são nossos amigos também.

— É verdade... Quando a abelha entra na nossa casa e bebe nosso parati, a gente tem que deixar, porque ninguém sabe se um dia a gente vai querer ir na casa dela. Não é?

— Apoiado! Uma pulseira só não faz barulho no braço.

— É... E, se u'a mão lava a outra, as duas lavam o rosto. Não é assim?

Esse diálogo, assim meio cifrado, passa-se a bordo do mesmo navio que, anos antes, trouxe, da Mulata Velha, a cidade de São Salvador da Bahia, para a cidade nova de São Sebastião do Rio de Janeiro, desamparada e carregando no colo o filho recém-nascido, uma certa Honorata, que depois se chamou Tia Amina. E enquanto a conversa se desenrola, em pleno mar, ao quente arfar das virações marinhas, Nozinho, em Areal, corta um dobrado.

Não muito tempo antes, a gripe espanhola se espalhou pelo país, fazendo dezenas de milhares de vítimas por toda parte, sobretudo nas populações indígenas, algumas das quais foram dizimadas. Inclusive o presidente da República, reeleito mas ainda não empossado, também foi fisgado pela gripe e em 15 dias foi pro beleléu. E agora, em Areal, Nozinho também pega uma doença complicada, com sintomas parecidos, e quase bate as botas. Mas é salvo por uma cabocla velha, chamada Dona Jurema, que mora numa tapera na mata do Pau-Ferro, onde, levado por um empregado do turco Habib, nosso herói é submetido a uma espécie de pajelança.

O ritual foi realizado secretamente, alta noite, no meio da mata. Os *camanás*, como se dizia lá, estavam todos vestidos de branco e descalços. Acenderam uma fogueira debaixo de uma árvore de pau-ferro e estenderam uma toalha no lado onde o sol se punha. Sobre essa toalha ficaram as imagens dos santos que seriam invocados na enjira, que era como eles chamavam o ritual. E acenderam, então, quatro velas: a primeira no lado leste, em homenagem a Carunga, que é o mar; e as outras, a oeste, norte e sul.

Estou contando isso como Nozinho me contou, muitos anos depois. Mas os detalhes, como os nomes dos ritos, e coisa e tal, eu fui buscar num livro de bruxarias que consultei na Biblioteca Nacional. Afinal, um livro sobre o Nozinho tinha que ser rico de detalhes. Igual a ele.

De maneira que, como ele contou, a cabocla Dona Jurema tinha a cabeça coberta com um lenço chamado *camulele* e um outro passado pela cintura. Assim, acesas as velas, ela puxou a primeira cantiga, pedindo licença para *kuendar*, caminhar, trabalhar. O cântico era dirigido a *Carunga*, o mar, aos *tatas* e aos *bacuros*, os mais-velhos, os ancestrais. Enquanto ela cantava, os *camanás* faziam coro, batendo palmas, ao mesmo tempo que dançavam enfileirados em volta de uma grande cabaça com água.

Então, aberta a enjira, o cambone, que era o ajudante principal da celebrante, trouxe uma raiz de pau-ferro e um copo de vinho, dando-os para Dona Jurema comer e beber. Em seguida, ela defumou tudo e todos, mordendo e soprando o *candáru*, que era a brasa do incenso. Aí, foi até Nozinho, também vestido de branco e descalço, o pegou pela mão e o fez passar três vezes por baixo de sua larga saia, como sinal de submissão e obediência.

Bem... O ritual foi demorado e complexo; e aqui não vale a pena a gente perder tempo com os detalhes. Importante é dizer que, no final de tudo, Dona Jurema pegou uma semente do pau-ferro — *Caesalpinia ferrea*, como eu vi no dicionário de Pio Corrêa — e enfiou no corpo do Nozinho, sem abrir nenhum corte, só com seu poder espiritual e o poder da sua mente. Isso significou que o ritual não foi só de cura: foi também uma espécie de batismo, de iniciação do nosso herói na seita da Jurema.

Conforme ele me contou, e eu confirmei depois, a ritualista precisava ver o lado do corpo onde a semente ia ficar. Se penetrasse do lado esquerdo, o guia protetor dele seria uma entidade de esquerda, trevosa, pesada; se do lado contrário, seria um mestre de direita, benfazejo. Ao contrário das entidades da política!

Dona Jurema concentrou-se, fez força e tentou enfiar a semente no muque de Nozinho, no lado do coração... Mas o caroço não entrou. Então, ela passou para o lado direito, se concentrou mais uma vez, encostou de leve a semente e ela foi entrando sozinha, sem esforço nenhum.

Uma salva de palmas ecoou então na escuridão do Irajá, celebrando o nascimento de mais um pau-ferro, um filho do Bem. Corpo fechado contra todos os perigos deste e do outro mundo.

No dia seguinte, Nozinho acordava lépido e fagueiro. E, escondido, logo voltava à Cidade Nova.

Era a noite de lançamento do livro de Glauco Guanabara, com o qual tinha colaborado. Então o nosso herói fez questão de comparecer à festa na Confeitaria Colombo. Foi disfarçado; e falava francês todo o tempo. Apresentado como um jovem poeta da Guiana Holandesa, declamou alguns poemas, a pedido do escritor.

Em meio à festa, porém, reconhecido, foi chamado a um canto por um repórter da imprensa fútil, que pediu sua opinião sobre outra polêmica musical que ainda paira sobre a Praça Onze: é aquela velha história de quando o pianeiro Sinhô cantava "A Bahia não dá mais coco"; e os baianos e descendentes, à frente o compositor China, letrista do Pixinguinha, davam o troco.

Atendendo ao repórter, o herói, apesar de sua ascendência baiana, e de ser ainda muito criança à época do caso, não deixa de opinar. Começa dando razão a Sinhô, mas acusa China de poetastro, medíocre. Entretanto, em meio a essa entrevista descabida, olhando de relance uma roda animada, ele tem a visão perturbadora.

Está meio de costas, mas é ela: traja um belo vestido de seda, reto, que lhe esconde as ancas e os seios e chega quase até os joelhos. A novidade é que seus cabelos agora são muito curtos, *à la garçonne*, como é moda. Nozinho abandona o repórter num repelão, e se dirige a ela, braços abertos, num grito lamentoso, que não consegue sufocar:

— Raquel...

A moça vira-se assustada. Os três rapazes com quem conversava também se assustam, mas logo recobram a atenção e procuram defendê-la da agressão iminente. Nozinho percebe o engano, engrola um atrapalhado pedido de desculpas em francês e sai da Colombo, aos trambolhões, quase correndo; dobra a esquerda e some na noite.

Era o nosso herói de volta à Cidade Nova, em seu primeiro revés após o exílio. Dias depois, aparentando serenidade para esconder seus verdadeiros sentimentos, que eram os de amargura e revolta contra os inimigos, ele buscava tocar a vida, mas sempre obstinado em encontrar Raquel a qualquer custo, onde quer que ela estivesse. E, para tanto, começa se aproximar do outro lado, o lado mais perigoso do ambiente da Praça Onze.

Ao mesmo tempo, o fuxico, a maledicência — *indaca di afofô*, como diziam as velhas baianas — e até mesmo tentativas de extorsão corriam soltos. O malfadado caso de amor já era de domínio público; e a honra da pobre Raquel também não era poupada:

— É... Quer dizer que a polaquinha também gosta de ver a coisa preta...

— Se gosta? Gosta mesmo, conterrâneo. E como gosta!

— Você já...?

— Bom... Chegar, mesmo, nas conversas, não cheguei. Mas tem um camarada meu que...

— É, mesmo, rapaz?! Conte aí.

— Não vou dar o nome. Mas quem é você também conhece; é nosso "liga". E sabe onde é que eles...?

— Onde?

— Na casa dela mesmo. Ele trabalhava lá no gringo e também tinha aquele segredinho com ela. De noite, ela deixava aberta a janela do quarto, que dava pra rua do lado, estendia uma corda, prendia com um gancho, e ele subia pra fazer o serviço.

— É mesmo, rapaz? Que safadinha, hein.

— Safadinha? Bota safada nisso. Ele disse que ela fazia de um tudo.

— Tudo mesmo?

— Tudinho. Tinha aprendido com uma francesa lá da rua do Núncio.

— É mesmo? Tão novinha...

— Nova, mas sabe de coisa que você nem imagina.

— Imagino...

— Elas gostam de moreninho assim feito a gente.

— Já ouvi falar.

— Quanto mais queimadinho, melhor.

— E você não foi...

— Bem... Eu não fui por falta de oportunidade. Mas ela é sacana, mesmo. Essas polacas começam cedo, mano velho!

— É... Já ouvi dizer.

O caso está rendendo coisas do arco-da-velha. Imagine você que, numa outra ocasião, me bateu lá em casa uma mulher com a seguinte história: disse que frequentava um centro espírita lá em Dona Clara. Fez questão de dizer que não era macumba, não; que era coisa séria, linha branca, de mesa, kardecista. Contou que, dias antes, numa sessão, uma "média" — ela dizia assim — tinha incorporado o espírito de uma moça branca, de olhos claros, de cabelos louros — vai vendo só. Que a moça se chamava Raquel e tinha morrido assassinada pelo namorado. Esse namorado era um rapaz de cor, da Praça Onze, por nome Nozinho, que a tinha matado num pacto de morte, porque os dois não podiam se casar. Disse que o rapaz a matou, mas na hora de se suicidar ficou com medo, e aí ela morreu sozinha. Falou que ela está vagando, em espírito, por lugares muito frios, muito escuros e muito tristes, e que precisa de luz para poder descansar. E mais: que essa luz só pode chegar lá com muita missa, muitas velas, muitas flores. E por isso é que ela, a minha visitante, e outras pessoas do centro dela, a Tenda Espírita Fé e Caridade, em Dona Clara, no subúrbio, estavam arrecadando fundos para comprar 7 mil velas de sete dias, 7 mil dúzias de flores e mandar rezar sete missas pela alma da moça loura chamada Raquel, assassinada pelo namorado.

Confesso que fiquei aturdido com essa história. Então, por desencargo de consciência, peguei 7 mil-réis na gaveta, dei a ela e a mandei embora. Cada uma!...

6. CELESTE

Em meio, porém, a essa barafunda, a essa vasta rede de intrigas, raiava um sol de luminosidade, compreensão e tolerância emanado da figura ímpar de Celeste, uma das pessoas mais queridas e respeitadas da Praça Onze naquela época.

O adjetivo "celeste" — que é do céu; que está ou aparece nele; divino; sobrenatural; perfeito; magnífico —, quando tomado como nome de uma pessoa, pode ser, como outros, comum aos dois sexos. O nosso personagem era, de direito e de fato, um indivíduo do sexo masculino. Já cinquentão, tinha o porte de um atleta e a mente de um sábio, o que se traduzia em seu comportamento plácido e cortês.

"Nós somos aquilo que pensamos, que vemos, comemos e acreditamos", dizia ele, sempre tranquilo e sorridente, do alto de seu um metro e oitenta e tantos centímetros de altura, suas vestes sempre claras e despojadas, as sandálias gastas de muitas andanças, a velha bolsa de couro cru a tiracolo.

"Celeste dos Santos Silvestres, assim mesmo, no plural" — porque são os santos "da selva", mas não da "Silva" —; era assim que ele enunciava seu nome, sorrindo, brincando, filosofando como sempre.

Iluminado por uma luz interior, de bondade e caridade, o que mais chamava a atenção nesse homem era sua certeza despojada de que falava e aconselhava em nome de espíritos superiores. Assim, embora malvisto e até menosprezado por muitos, também atraía, sem nenhum esforço, ao porão onde morava na rua de Santana, muita gente, vinda até de Botafogo e Laranjeiras. E isto sem se anunciar ou fazer reclame de seus conselhos. E, aos que o procuravam para pedir "trabalhos", despedia incontinente, mas com delicadeza e educação, apenas fazendo questão de dizer que só encaminhava as pessoas para o Bem e nunca para malefícios.

— Existe uma Lei do Retorno, meu amigo, minha senhora. O que aqui se faz, aqui mesmo se paga — dizia, complacente.

Celeste não era um pai de santo, um quiromante, um adivinho, um charlatão, ou coisa parecida. Não dava "consulta", no sentido vulgar. Mas quem o procurasse em busca de consolo sempre encontrava um bom caminho para a paz do espírito.

Gostava de falar em "consciência cósmica", coisa que nem eu nem Nozinho nunca entendemos bem o que era. Ele dizia que a gente devia libertar a mente de pensamentos inquietantes, assustadores, substituindo essa carga por equilíbrio e alegria; que a cura mental era mais importante que a cura física, simplesmente corporal; e que o caminho certo era o dos bons hábitos, que tornam a vida mais saudável, suave e fácil de levar. Dizia, ainda, que as pessoas deviam acreditar firmemente no fato de terem sido criadas à imagem e semelhança do "Preexistente" — era assim que ele se referia a Deus —, sendo pois imortais e perfeitas como Ele.

— Se uma simples partícula de matéria é indestrutível, como a Ciência um dia vai comprovar, por que a alma não há de ser? — Dizendo isso, o nosso filósofo procurava mostrar que a matéria sofre mudanças, e que a alma passa por experiências que a fazem se transformar. Segundo ele, a morte ou transformação de um ser ou um objeto não destroem nem alteram sua essência.

Aos angustiados que o procuravam, Celeste recomendava principalmente que aplicassem à sua vida cotidiana, ao seu dia a dia, as experiências de paz e equilíbrio que a concentração e a meditação proporcionavam.

— Aí, você vai ter a calma necessária pra enfrentar os momentos mais difíceis, as circunstâncias mais adversas, criando um escudo, uma couraça, diante das emoções violentas e das perturbações que vêm das pessoas negativas e dos ambientes carregados.

Mas... Imaginem ouvir isso em plena Praça Onze! E vindo de um sujeito que se alimentava basicamente de lentilhas, sementes, arroz com casca; uns poucos legumes, verduras e frutas; que às sextas-feiras comia o seu peixezinho, mas só cozido ou assado na grelha. E isto no paraíso do dendê, do leite de coco, da galinha de xinxim, dos vatapás, dos carurus, das moquecas de fato, dos angus, das feijoadas com tudo dentro! Cerveja, cachaça, bate-bate, laranjinha?... Nem pensar. Celeste bebia apenas chás, sumos e refrescos. E sempre aos golinhos.

— Sei, não! Acho que esse mulato não regula muito bem da bola...

— Ou então é falso ao corpo, como se diz lá na Boa Terra.

— É meio gira, mesmo. Imagina você que um dia eu vi ele andando pela estrada, sabe onde?

— Onde?

— Em Santa Cruz, na estrada Real. Eu tinha passado uns dias lá, num serviço lá pros lados do Curral Falso, e estava indo pra estação do Matadouro pegar o trem de volta pra casa. Chamei ele pra vir comigo, e ele não quis, dizendo que preferia voltar a pé. Já pensou? De Santa Cruz até a Central o trem come mais de sessenta quilômetros, conterrâneo! E ele preferia andar isso tudo. Maluquice, não é?

O povo da Praça Onze, como o de todas as praças, gosta de milagres e prodígios. E então, numa ocasião, inventou a história de que o Mestre, como muitos já o chamavam, até ressuscitava pessoas. Mas o próprio Celeste, sempre modesto e simpático, se encarregou de desfazer a lenda:

— Quem? Eu? Nada disso! O que aconteceu foi que eu vinha descendo a Providência, e ali, na Barão da Gamboa, vi um homem caído e o povo em volta. "Morreu", me disseram. "Deu um troço nele, e ele caiu durinho." Então, eu cheguei perto, me agachei e senti. Ainda agachado, abri a sacola, tirei o vidrinho e molhei um pedaço de algodão. Aí, tapei o nariz dele com o algodão na mão espalmada. Ele deu um tremelique, depois um pulo. Ficou de pé e perguntou: "Tô morto ou tô vivo?" E eu disse: "Está vivo.

Mas vai pra casa e toma uma café bem forte, sem açúcar. O milagre da ressurreição quem fez foi o óxido de metila, o nosso bom éter. Que cura qualquer pileque; e levanta até defunto, meus amiguinhos."

Além de tudo, era muito bem-humorado o Celeste. Mas tinha gente que dizia que ele era "marmoteiro", explorador da credulidade pública. Assim, um dia, a polícia invadiu o porão onde morava e o prendeu em "flagrante delito". Celeste atendia uma senhora acometida de grande perturbação e, para acalmá-la, deu-lhe para beber um copo d'água com flor de laranjeira; enquanto bebia, apôs a mão em sua cabeça, meditando de olhos fechados.

Acusado de curandeirismo e exercício ilegal da medicina, os policiais apreenderam em sua casa livros de nomes estranhos como *Mahabharata*, *Bhagavad Gita*, *Dharmaśāstra*... Além de estatuetas, uma delas com uma mulher de muitos braços e outra de um menino com cabeça de elefante. "Feitiçaria pura", segundo eles. E também levaram, para *exame toxicológico*, como disseram, grandes quantidades de incenso e muitos defumadores.

Os jornais noticiaram o fato com manchetes escandalosas. O mais sisudo deles apontou Celeste como um perigoso agitador político. Dizia que representava o braço tupiniquim de um movimento oriental que buscava desestabilizar o esforço civilizador dos europeus. Baseando sua propalada força na religião e na política, a seita propunha o retorno ao passado primitivo, com o uso, por exemplo, da fiação e da tecelagem manuais como forma de boicote ao avanço industrial. O mestre começou, então, a ser chamado, de forma debochada e desrespeitosa, de "o Gandhi da Praça Onze", e assim foi representado numa charge da revista *Careta*, em que aparecia, cabeça com cabeça, "energizando" a Tia Ciata.

E, assim, de repente sumiu. Sem que ninguém soubesse onde foi parar. O boato mais forte que corria na cidade era de que fora mandado para a Clevelândia, a colônia penal dos inimigos do governo, lá na Amazônia. Mas ninguém sabia ao certo.

7. BOCA DE CENA

Vejam bem: minha ideia de escrever esta espécie de reportagem sobre a vida do Nozinho nasceu muito depois desses acontecimentos, que eu não vivenciei nem de longe. Por essa época, meu último contato com ele foi quando o levei para o exílio em Areal. A partir dali, ocupado com a minha banca de advocacia e em levar minha própria vida adiante, eu só cuidava mesmo era de minhas petições, meus recursos, minhas contestações e contrarrazões, o que, graças a Santo Ivo — patrono da advocacia —, não era pouco. Depois, muito mais tarde, foi que eu o encontrei e tive a ideia destes escritos, no que fui muito incentivado pela minha adorada Fanny.

Sempre tive interesse por História. Mas História com agá maiúsculo; porque esta palavra, pra mim, tem um sentido nobre. Pelo que aprendi, História é o repertório dos grandes eventos passados, que fizeram a evolução da humanidade, com seus grandes vultos, suas grandes nações e civilizações. A Praça Onze, apesar de simpática e agradável, obviamente não foi nenhuma Assíria, Pérsia ou Mesopotâmia. Nozinho, para mim, era só um rapaz interessante, exótico... E, assim mesmo, só enquanto não tinha feito aquela lambança, inclusive comprometendo meu nome. Até que um dia, passado muito tempo, eu o reencontrei. Então fiquei sabendo, com provas documentais irrefutáveis, cabais, incontestáveis, que ele tinha vivido uma verdadeira saga, uma verdadeira epopeia. Digna de um Marco Polo, de um Richard Burton, de um Vasco da Gama, de um Ibn Khaldun ou de um Fernando Romero...

Então, agora, aposentado, viúvo e... impotente... para algumas tarefas rotineiras, e para fugir do jogo de sueca na Praça, e da cerveja solitária no Café e Bar Faraó, resolvi botar no papel as aventuras do preto que falava iídiche. E o faço baseado em fontes fidedignas, em depoimentos de testemunhas oculares ou de oitiva.

Eu sabia, por exemplo, pelo menos desde o caso de Madame Holofote, que o centro da prostituição na cidade ficava na região da Praça Tiradentes. Mas um amigo, o livreiro Samuel Grindberg, detalhou melhor o assunto.

Como era de conhecimento geral, na rua Pedro I, ex-rua do Espírito Santo, que é uma espécie de prolongamento da Tiradentes, antigo largo do Rossio, funcionavam naquela época, se não me falha a memória, dois teatros, o Lucinda e o Recreio Dramático. Nela, funcionava também o Hotel Itália, frequentado por artistas e famoso pelos bailes de máscaras. Na Praça, instalou-se um belo dia a empresa Pascoal Segreto, de agenciamento de artistas teatrais e outros serviços. E graças a ela foi que o teatro de revista ganhou impulso na cidade. Nesse ambiente feérico e sonoro, gravitavam muitos personagens interessantes; como o Mecenato.

Tendo como ídolo absoluto o indescritível Zeca Patrocínio, Mecenato faz tudo para imitá-lo, não só na vestimenta e no cabelo alisado, como nos trejeitos, na boêmia rasgada e na irresponsabilidade hilariante. Seu nome é José Messias. Mas escolheu o cognome *Mecenato* porque, segundo diz, é um *Messias* — o esperado — nato. E assim é visto nos Democráticos, como o homem que vai levar os *carapicus*, apelido de seu clube, à glória máxima do carnaval, aniquilando os rivais *carurus*, Fenianos, e *baetas*, Tenentes do Diabo. A polca que compôs, à guisa de hino, anuncia suas intenções; e o povo dos carapicus a canta com entusiasmo quase guerreiro: "Tengo, tengo, tengo, maninha/ É de Caruru/ Quem matou Baeta, maninha/ Foi Carapicu."

Enquanto Zeca Patrocínio, que é íntimo de *tout Paris*, brilha nas rodas do Pascoal ou do Castelões, pontos da chique boêmia intelectual das ruas do Ouvidor e Gonçalves Dias, o engraçado Mecenato é seu porta-voz na roda do povo do teatro:

— Sabe a última do Zeca? Não? Acaba de chegar de Paris. E diz que descobriu, nessa viagem, que o avô dele era hindu e nasceu em Islamabad, no Paquistão. E é por isso que só fuma cigarrilhas turcas...

— Mas o que é que tem a ver a Turquia com o Paquistão?

— Não sei. Mas se o Zeca diz que tem é porque tem, ora. Aquele caboclo é viajado demais, gente! E o pai dele foi o Tigre da Abolição, malungo!

— Era outro faroleiro, também. E no final da carreira ainda inventou de fazer um balão, uma aeronave, veja você!

— Ele tinha estudo pra isso...

Mecenato assimilou até as grandes sacanagens do Patrocínio Filho. Já por mais de uma vez, segundo eu soube, convidou um amigo para almoçar em restaurante caro e na hora da conta simulou um ataque epilético e depois escapuliu de fininho, dizendo que ia "logo ali" comprar o remédio. Admirador incondicional do Zeca, ele acredita piamente nas lorotas do ídolo. E na rumorosa história da prisão dele em Londres, envolvido num caso de espionagem internacional, que lhe custou um amargo período na cadeia, Mecenato avaliza:

— Quem entregou ele foi a tal da Mata Hari, aquela espiã safada. De ciúmes, porque ele a largou pela Theda Bara.

— Aquela turca velha?

— Velha, não! Quarentona. Mas ainda bem sacudida.

— Pra mim, nem no cinema.

A Tiradentes era, então, a boca de cena do Distrito Federal, embora seu alegre colorido tenha sido um pouco esmaecido pela austeridade do templo presbiteriano alemão construído na rua Silva Jardim. Mas o caso é que a própria rua do Espírito Santo e os arredores da Praça, com as ruas Luís de Camões, Tobias Barreto, Sete de Setembro e Senhor dos Passos, abrigavam também algumas pensões especiais, habitadas por imigrantes não só do Leste Europeu como de Marselha e Buenos Aires. E com eles a Praça Onze não queria conversa!

Entretanto, segundo algumas versões, essa turma era igualmente religiosa, ao seu jeito, e mantinha duas sinagogas, uma na Luís de Camões e outra na Alfândega. E procurava também, segundo consta, se ajudar e se organizar. Tanto que mantinham, havia já algum tempo, a Associação Beneficente e Funerária Israelita, que funcionava num sobrado na praça da República, próximo à rua Buenos Aires. Essa associação, pelo que se dizia, tinha como objetivo principal a criação de um cemitério, para que seus sócios, quando falecidos, fossem condignamente sepultados segundo os ritos do judaísmo.

A grande questão é que os israelitas da Praça Onze acusavam os da praça Tiradentes de terem se apropriado da reivindicação e tomado para si a doação, pela prefeitura, de um terreno em Inhaúma. E, por isso, já estavam articulando a criação de outro, em Vila Rosali, no município de Nova Iguaçu, na Baixada Fluminense.

A sinagoga da Luís de Camões funcionava na frente da casa de um morador, por nome David, e era acanhadinha. Já a da rua da Alfândega tinha mais presença. E um belo dia, o Nozinho — como mais tarde ele próprio me contou —, convidado para assistir lá a uma cerimônia, se surpreendeu. É que entre os oficiantes estava um homem de cor, como ele, falando com um sotaque estranho. Acabada a cerimônia, nosso herói se aproximou:

— O senhor não é brasileiro, pois não?

— Não, senhor. Sou etíope, da Abissínia, do povo Beta Israel, conhecido como Falacha.

— Como é isso? Eu não sabia que existia judeu de cor.

— Existe, sim. O meu povo descende de Menelik I, e é fruto da união do rei Salomão com a rainha de Sabá.

Nozinho ficou muito intrigado. E quis saber mais sobre essa história. Samuel, entretanto, achava que isso era mentira, vigarice, charlatanismo. E tinha lá suas razões, em nome das quais reclamava:

— De repente, nós aqui passamos a ter uma péssima vizinhança. Foi quando da visita do rei Alberto da Bélgica: o governo resolveu expulsar a prostituição do centro da cidade e mandou pra cá, veja você! Então a zona do baixo meretrício ocupou aqui as ruas e transversais, da Benedito Hipólito até a Machado Coelho. Nesse êxodo, vieram os judeus que eram donos de casas suspeitas e um número considerável de mulheres judias, vítimas desses exploradores. Tinham sido aliciadas ainda na Europa, iludidas por promessas de trabalho, casamento e conforto em Buenos Aires e no Rio de Janeiro.

Ouvindo isso, me veio à lembrança uma cançoneta das ruas: "Por causa do rei Alberto/ Que veio nos visitar/ as 'muié' de vida fácil/ Tiveram que se mudar...".

Lembrei-me também do incômodo que esse traslado do meretrício causou a outros imigrantes. Os do sul da Itália, Micelli, Gambardella, Santoro, cujas robustas mulheres chamavam atenção pelas argolas de ouro nas orelhas, também se afastaram: subiram o morro de São Diogo, o simpático morro do Pinto, e lá se fixaram, com sua música, sua culinária, sua alegria e seu trabalho. Mas afastei a lembrança para anotar o que ouvia.

Samuel me contava que as ruas ocupadas pela prostituição acabaram por formar um grande mafuá, um gueto mesmo, que ficou conhecido como a Zona do Mangue. E isto porque o mangue de São Diogo, que se estende da Sapucaí até a praia Formosa, apesar de já canalizado e embelezado, com aquelas palmeiras imponentes que tem lá, era o que identificava a Cidade Nova. Então, por causa dessa vizinhança incômoda, as famílias começaram a deixar o local. Mas para os que tinham seu trabalho lá, como era o caso da comunidade judaica, com toda sua vida estruturada no bairro e nas adjacências, a mudança era quase impossível. E o pior é que os maus elementos, por serem também imigrantes e em geral da mesma origem, confundiam os de fora, que no fim das contas ficavam achando que todos os gringos e gringas eram polacos e polacas, no pior sentido que essas palavras tinham adquirido. E o confronto entre o bem e o mal acabou se estabelecendo. Principalmente nas festas, e nos espetáculos de música ou teatro.

Entretanto, a transferência da zona do meretrício para a região da Praça Onze não se traduzia só no incômodo causado à colônia judaica. Ela carregava também um aspecto, digamos, festivo; um lado boêmio que tem aqui sua importância econômica e um tanto também de alegria e brincadeira. Como no caso do Bico, corneteiro do Batalhão de Guardas.

O instrumento dele, mesmo, é a sanfona de oito baixos que trouxe da sua roça, no sertão de Pernambuco, quando veio servir o Exército no Distrito Federal. Mas, como em banda militar não tem sanfona, ele se arranjou mesmo foi como corneteiro. E dos bons, tanto que ganhou o apelido de Bico de Aço. Mas, de noite, no alojamento, ele matava a saudade de casa era com a sanfona; e juntava soldado pra ouvir e admirar:

— Rapaz! Você com esse instrumento e tocando do jeito que toca, podia muito bem arrumar um bom trocado nas noites de folga.

— Mas aonde, camarada? Carioca não gosta de sanfona.

— Gosta, sim. E sabe onde? No Mangue, mano velho.

O burburinho das ruas e travessas onde se acumulavam malandros e otários, fuzileiros e soldados do Exército, pretos e louros, caboclos e japoneses, gente do mundo inteiro, o som que vinha dos bares era um misto de céu e inferno. Desconfiado e receoso, Bico puxou o fole timidamente. Mas logo arranjou dois acompanhantes, o violonista Pereirinha e o pandeirista Galo Cego, com os quais depois passou a tocar, não só nos bares do Mangue, mas onde quer que houvesse alguém disposto a jogar uns níqueis na sacola da sanfona, boca aberta no chão.

— Se você tocar "Tristezas do Jeca", leva 2 mil-réis. Mas tem que tocar e cantar também, igual ao Patrício Teixeira. Aqui, ó: 2 mil-réis.

A oferta, feita com um bolo de notas na mão, vinha de um ricaço pançudo, já bastante encervejado ou encachaçado. Era um fazendeiro de Botucatu, no interior paulista, como depois se soube; com muito dinheiro, mas tinha sofrido uma decepção com uma francesa da rua Conde Lages; e aí, quando vinha à capital federal, preferia o Mangue, aonde chegava mandando.

Bico não se fez de rogado: armou um acorde de sol maior chamando o Pereirinha, e soltou a voz:

"Nestes verso tão singelo/ Minha bela, meu amô/ Pra você quero contá/ O meu sofrê e a minha dô/ Eu sô qui nem sabiá/ Quando canta é só tristeza/ Desde o gaio onde ele está..."

Por sua própria conta, Bico foi emendando, só música triste: "Ave Maria", "Branca", "Paixão de Artista"... Na terceira, o botucatuense já estava aos prantos, chorando como um bezerro desmamado, numa espécie de tristeza consolada, fazendo nascer ali não só a carreira profissional de um grande músico brasileiro, mas igualmente a fama da Zona do Mangue como um grande centro popular de passeio e diversão.

O Mangue era de fato uma beleza, um chuchu! Tanto que era chamado Zona do Chuchu, pra mexer com o Catumbi, que era a Zona do Agrião. As ruas Laura de Araújo, Pinto de Azevedo, Benedito Hipólito, Júlio do Carmo e Carmo Neto eram as mais animadas. E eu sempre fico pensando: quem será que foram essas pessoas, pra merecer o nome nas placas daquelas ruas tão importantes? Era uma cidade dentro da outra; uma capital da alegria dentro da capital federal. Era música o tempo inteiro, a começar pelos cafés da Laura de Araújo. Choro de flauta, violão e cavaquinho com aqueles músicos todos: Vicente Sabonete, Carne Ensopada, Alma de Maçom, Valdemar Corisco, Marquinhos Mororó... Músico, pra ser músico mesmo, tinha que tocar na Zona. Por exemplo, meus amigos Carlinhos Escobar e Paulo Mico, grandes músicos, começaram lá; e falam dos bons tempos com saudade:

— Mesmo fora da música, tinha de tudo pra todos os gostos: mulher bonita, mulher feia; gorda, magra, branca, preta, cabelo liso, cabelo esticado; nortista, francesa, africana, argentina... E a gente pintava os canecos.

— Foi aqui que eu aprendi a verdadeira malandragem, inclusive no modo de falar: *mina, bacana, otário, pinta, gagá, engrupir...* Isso tudo veio da Argentina...

— As francesas ensinaram muita coisa fina pra moçada, muita coisa chique, moderna: *michê, cunete, boquete...* Os estudantes vinham aprender francês aqui.

Escobar, metido a piadista e engraçado, imita uma francesa falando:

— *Oui, mon cherri! Empoche çá, e mét ton muchuá par dessi...* Não sei o que quer dizer, não, mas acho bonito.

E rola o papo:

— Aqui não tinha mulher bobinha, não. Loura, morena, crioula, era tudo escolada! Lá no final da Pinto de Azevedo, mesmo, tinha o Nigéria. Era um puteiro só de pretas bem retintas, e era o preferido dos marinheiros da Dinamarca, da Suécia e da Finlândia. Quando tinha no cais navio lá desses lugares, que vinham da tal da Escandinávia, tinha fila e tumulto pra entrar. Mas, quando não tinha, ficava às moscas. Aí, a Nega Tibúrcia, que era a comandante do lupanar, enchia a cara e ficava na porta provocando, fazendo escândalo, gritando que brasileiro era tudo broxa e fraco do pulmão. E que ela era mulher de encarar mais de cinquenta *escandinávio* num dia só...

"O caso é que a rapaziada, que não gostava mesmo de levar o corpo, de encarar batente pesado, ficava por aqui se divertindo e defendendo uns cobrezinhos também. E as mina gostava porque a gente dava uma guarida, uma cobertura pra elas. Quer dizer: a mina brasileira, né, as mineiras, as capixabas, as nortistas... As mais moreninhas, sabe como é que é? Porque as polacas e as gringas, de um modo geral, tinha lá aqueles elementos da tal Zuíde Midigal, Zuígue Migdal sei lá... Eles é que mandava nelas. Quer dizer: a gente trabalhava no varejo, né? E eles comprava e vendia no atacado. Eu cheguei a ter uma gringa; mas não deu certo, não! Ela era muito cheia de coisa, meu patrão. Era ciumenta por demais. E eu nasci no Estácio... Sabe como é, né?"

Pois é. O Estácio é uma espécie de continuação da Praça Onze e da Cidade Nova. E é famoso por ser o berço carioca da malandragem e da música. Sua relação com a Praça é umbilical; e isso era importante para as notas que eu estava recolhendo.

— Naquele tempo, lá no Estácio, era eu, Valdemar Índio, Antônio Mamãe, Cidoca... O Valdemar era assim meio acaboclado, cabelo meio liso, quase bom. Já o Cidoca era um mulato escuro, valente, bom de briga e muito vaidoso. Só andava de terno de linho S-120, chapéu-panamá caído por cima do olho esquerdo, sapato de duas cores e salto carrapeta, e a boca cheia de dente de ouro. E tinha também o Nozinho da Gamboa, mas esse acabou cedo.

A menção do nome chegou a me arrepiar. E eu quis saber mais. O malandro, porém, conhecia muito pouco ou nada. Porque tudo o que disse sobre o nosso herói parece que sabia mais de ouvir dizer do que de ter conhecido mesmo.

— Nozinho era bom malandro e bom companheiro. Era formado e muito culto, tinha muito estudo. Falava várias línguas, viajou o mundo todo... Mas foi se meter com uma dona boa de um elemento lá da "Zuíde Midigal". Aí, parece que acabaram com ele lá pra cima, parece que na estrada do Areal. Tem gente que diz que ele se suicidou, tomando formicida. E outros dizem que ele se atirou embaixo de um trem da Rio d'Ouro.

8. TEORIAS

A velha Praça Onze tinha também o finado Chaim Sherman, nosso bom amigo. Farmacêutico sem diploma, dono da Drogaria da Saúde, na rua do Barão de São Félix, e muito querido da vizinhança, prescrevia e preparava remédios que eram tiro e queda. Por isso era chamado de "dr. Chaim". E era um doutor mesmo, em muita coisa, não só de Medicina e Farmácia como de doenças da alma, idiossincrasias, complexos, preconceitos: esses males da humanidade. Com os conhecimentos que havia adquirido em muitos anos de estudos livres, por conta própria, por amor ao saber, mesmo, e não por vaidade, ele tinha toda a autoridade para recusar certas teorias que muita gente até hoje ainda aceita como verdades. E, naquele tempo, andava *de saco cheio*, como dizia claramente, das teorias de eugenia que dominavam a educação e a saúde — inseparáveis — no Brasil.

Essas teorias pregavam que, para construirmos um Brasil viril, varonil, sempre juvenil e primaveril, deveríamos esquecer e corrigir os erros do passado e trabalhar na construção de um povo saudável. Dentro dessa ideia, negros e indígenas não só eram inferiores como, quando *misturados* com os brancos, contribuíam para a degeneração da *raça neolatina* que deveria nos caracterizar.

Pra mim, "latino" é um adjetivo que diz respeito ao latim, a língua da Roma antiga; e não tem nada a ver com raça. E "neolatino" é o que se refere às línguas derivadas do latim, como o italiano, o espanhol e o português, por exemplo. Aí, vieram pseudocientistas, tanto profissionais da medicina quanto do direito e da educação, propor a *regeneração* do povo brasileiro, apregoando o aperfeiçoamento através da seleção genética e do controle da reprodução, como se faz com gado e com plantas. E, nessa, foram criando barreiras para que as pessoas consideradas inferiores não ocupassem espaços estratégicos. Então, a presença de gente de cor em posições de prestígio, como acontecia na época do Império, foi diminuindo.

Em meio a isso, a sociedade da capital da República foi ganhando características marcantes. A mão de obra sem qualificação foi se alocando como podia, já que, depois das revoltas da Vacina e dos Marinheiros, o governo encetou uma violenta campanha de combate à *vadiagem*, inclusive prendendo e embarcando nos navios do Lloyd os que eram considerados vadios. E os mandava para a famosa Clevelândia, no território do Amapá.

A instabilidade econômica da época gerou também a figura do *encostado*, que era aquele tipo de sujeito sem emprego que sobrevivia à custa das mulheres. Estas, com mais alternativas além das ocupações domésticas — lavando, passando e costurando pra fora; ou em atividades como as de vendedoras de frutas e quitutes, cartomantes, coristas, cantoras, atrizes ou mesmo prostitutas —, garantiam o sustento do *encostado* (às vezes cafetão declarado) e dos filhos. Tudo isso como reflexo da desorganização da economia, que já vinha de antes, mas culminou com a extinção do escravismo; e reforçado pela ideia de que os *inferiores* sucumbiriam diante da primazia dos *superiores*, que chegavam dos países tidos como mais adiantados.

O finado Chaim compreendia isso muito bem; tanto que foi ele que me alertou a respeito. E foi assim que um dia o encontrei às turras com um tal de Lima, acadêmico de direito, enjoadinho, metido a sabichão, numa discussão cerrada e inegavelmente cômica. Não tive outro jeito senão parar, me recostar num poste e assistir de camarote, sem dizer nada, ao bate-boca, que era mais engraçado do que sério, por conta da linguagem destemperada que era a marca registrada do Chaim.

— Gobineau demonstrou que o fator que determina a ascensão e queda das sociedades humanas é a raça.

O enjoadinho chutava e Chaim rebatia.

— O que é que tem a ver o cu com as calças, ô zé das couves? Não tem nada a ver.

— A raça brasileira só se fortalece é com o sangue das raças superiores.

— Besteira, rapaz! A mestiçagem é um fator positivo, tanto biológica quanto socialmente. Cada povo tem a contribuição de sua cultura para dar. E, com as trocas, os dois lados se enriquecem.

Chaim vivia, como se casado fosse, com a Idalina. Não tinha filhos, não porque não quisesse, mas por problemas dela, que tinha bacia estreita. Integrante da comunidade baiana, Idalina, a Dadá, participava de tudo o que seu povo fazia, desde o candomblé na casa de João Alabá até os bailes da Kananga do Japão e as saídas desta sociedade no carnaval, como um bloco bem organizado. Então ele sabia do que estava falando. Mas o estudante insistia nas teorias da moda.

— Calma, dr. Chaim! Eu não estou inventando nada. Quem diz isso é Gobineau, Chamberlain, Renan. São luminares da ciência, meu amigo. A mais bem-dotada das raças humanas, a verdadeiramente superior, é a raça branca, e, de modo especial, o ramo ariano.

— Que mariano, que ariano, criatura! Ariano é um ramo linguístico, o das línguas arianas. Não tem nada a ver com raça.

— Deixa eu falar? O senhor não sabe ouvir, seu Chaim.

— Então, fala. Tá bem...

— As dez civilizações que a história nos apresenta foram criadas exclusivamente pela raça branca, e seis dessas civilizações, a hindu, a egípcia, a assíria, a grega, a romana e a germânica, são obras do ramo ariano. As outras quatro, chinesa, mexicana, peruviana e maia, foram fundadas por outros ramos da raça branca, já cruzados com elementos estranhos.

— Não sacaneia, ô Lima! Faça-me o favor. Então, os egípcios antigos eram da raça branca!? Tira o cavalo da chuva, moço!

— Deixa eu terminar!

— Quero ver aonde a sua ciência quer chegar.

— A raça branca, o ramo ariano principalmente, expandiu-se, submeteu outras raças, mas foi também se cruzando com elas e diminuindo assim as suas nobres qualidades primitivas.

— Esse Gobineau é um turuna mesmo, não é, seu Lima? E onde é que ele põe a raça negra? Hein?

— Negro é sub-raça...

— É aí que a porca torce o rabo, ô seu abóbora! Vou lhe dizer uma coisa. E agora o senhor vai ter que me escutar.

— Não vai me dizer que o senhor é africano, dr. Chaim Epstein!?

— Epstein é o caralho! Meu nome é Sherman, rapaz! — O nojentinho se assusta, mas Chaim não é de briga, e volta à lição. — Presta atenção no que eu vou te ensinar, de uma vez por todas. Um dia, lá atrás, alguém inventou que os judeus eram uma raça escolhida por Deus e que estava sendo preparada pra desempenhar uma grande missão na Terra. Imagina só: alguém chega pra você e diz pra aguentar calado tudo que fizerem com você que, no fim daquilo, você vai ganhar o primeiro prêmio da Loteria Federal. Se você acredita, ganha força pra se organizar, andar no bom caminho, trabalhar; e acaba dando certo mesmo. Agora... Se, pelo contrário, todos te dizem que você é um merda, um borra-botas, não serve pra nada, não vai arranjar porra nenhuma na vida, aí você acaba se convencendo mesmo. "Se eu estou predestinado a não arrumar nada na vida, então de que adianta eu me esforçar?"

O finado Chaim achava, e disse isso ao estudante, que a situação dos negros no mundo se explicava mais pelo lado psicológico do que pelo da raça e da cor. Aconteceu é que eles foram ficando por baixo, escravizados, mesmo quando as democracias teoricamente lhes conferiam os mesmos direitos dos brancos. Bastou essa posição inferior, de subordinação, humilhação e desprezo seculares para que se imobilizassem diante de seus opressores. Faltou-lhes, assim, aquela fermentação que irrompe e impulsiona, aquela ação que também tem sido rara em outros grupos oprimidos, mas que, encontrando condições favoráveis, pode desabrochar coletivamente e desenvolver todo e qualquer potencial.

— E esse negócio de dizer que a mistura do preto com o branco vai aos poucos embranquecer o Brasil, isso também, além de ser uma tremenda sacanagem, é uma grande besteira do ponto de vista científico. E tem gente que acha que isso vai acontecer mesmo, que a cor branca vai prevalecer. Teve até um bocó, um arigó de um pintor desses aí, que botou num quadro a preta velha, a mulata filha dela do lado de um homem branco e, no colo da mulata, um filho já tão branco quanto a figura que representa o pai...

— Conheço o quadro: chama-se *A redenção de Cam*.

— Pois é. Uns outros filhos da puta lá atrás inventaram, na Bíblia, que, depois do Dilúvio, Cam, um dos filhos de Noé, fez lá uma ursada com o pai e este amaldiçoou seu filho Canaã. Os outros filhos, Sem e Jafé, que eram bonzinhos, entraram na mitologia bíblica como os pais dos árabes e dos europeus; e o amaldiçoado Cam, como castigo, ficou como pai dos africanos, ou seja, dos pretos. Foi assim que começou essa porra do racismo. E não foi nenhum São Mateus, São Marcos ou São João que escreveu essa história, não. Isso foi inventado. Exatamente pra botar os pretos em condição inferior e justificar a escravidão pela cor da pele, lá atrás, na Idade Média, por ali.

— Mas o progresso só se consegue com um povo saudável.

— Ah, é? Você sabia que os índios brasileiros, que sempre foram a gente mais saudável do país, estão sendo exterminados por doenças que eles nunca tiveram? Que em muitos casos a contaminação deles está sendo provocada por gente que quer, mesmo, é tomar as terras deles? E que tem até gente do governo metida nisso?

— Eu acho que os índios atrapalham o progresso...

— Na Europa tem gente também que acha que tudo o que o mundo tem de ruim é culpa dos judeus. E estão se organizando *pra passar isso a limpo*, como eles dizem. Se conseguirem, nós estamos fodidos, rapaz! Tanto eu quanto você.

— Mas o senhor não parece judeu, dr. Chaim. Quem olha assim não diz.

— Ora, vai te catar ô, três com goma! Esse chamado *tipo judeu*, esse da caricatura, narigudo, de barba e bigode, que os bobalhões pensam que é característico, muitas vezes, quando se vai ver, é um árabe, um norte-africano, um simples nativo do Oriente Médio, que pode ou não ser um judeu. E geralmente não é.

— Mas era assim que a gente aprendia a identificar quando criança.

— E feijão? Branco, mulatinho, fradinho, manteiga, de corda... Como é que você identificava?

— Ora, dr. Chaim. O senhor está baixando o nível da conversa.

— Sou eu ou é você? Então, saiba que judeu... Até preto tem também. Você sabe onde fica a Etiópia?

9. MUDANÇAS

Na paisagem da capital federal, naquele momento, o que mais despertava o interesse e a curiosidade de todos eram os gigantescos entulhos resultantes do desmonte do morro do Castelo. A elevação se estendia por uma área de quase 200 mil metros quadrados em pleno Centro da cidade. Com a derrubada, foram-se alguns marcos dos primeiros tempos, como o colégio, o convento e a igreja dos jesuítas, cujo conjunto era conhecido pelo povo como "o Castelo". E a lenda que atraía ao lugar caçadores de um suposto tesouro enterrado pelos padres da Companhia de Jesus movimentava ainda mais o ambiente das obras. Mas o morro foi mesmo abaixo, principalmente em nome da saúde pública, já que era tido como uma barreira que impedia a circulação dos ares saudáveis que vinham do mar.

Por estar sendo arrasado o morro, as relíquias até então guardadas no templo que o povo via como "o Castelo" são agora trasladadas para a Igreja dos Capuchinhos, na Tijuca. Assim, no dia do padroeiro, um imponente cortejo cívico-religioso leva até a Tijuca, num trajeto de alguns quilômetros, a imagem de São Sebastião, as cinzas do fundador Estácio de Sá e o marco de fundação da cidade.

Ao passar pela Praça Onze, o cortejo é saudado por uma manifestação carnavalesca extemporânea, mas aceita e autorizada pelas autoridades eclesiásticas. À frente do grupo, um rapaz extremamente simpático. Nem alto nem baixo, pele acobreada, mas de cabelo liso, é efetivamente um caboclo, como são chamados em terra carioca os homens como ele. É o Nozinho da Gamboa, murmura uma beata, em meio a um padre-nosso.

Filho de Oxóssi, corpo enxuto e andar gingado, ele se considera, sim, um caboclo. Tanto que, no carnaval, ele é o Pedra Preta, um dos sete caboclos que vêm à frente do Tinhosos do Itaúna, o maior cordão da Praça Onze, que agora saúda São Sebastião.

Hoje ele veste paletó e, em sinal de respeito, tem a cabeça coberta por uma palheta de aba curta. Mas, no carnaval, traz sempre cabeleira de corda desfiada, os fios tingidos de preto caindo nos ombros, o cocar de penas coloridas enfiado por cima; e dança. Sempre com a aljava à bandoleira; arco e flecha na mão; e, na cintura, pendentes sobre o saiote de penas, a cabacinha do fumo, o taquari, a coité, a inúbia, o maracá. Nas costas, leva réplicas empalhadas de animais, às vezes de cobras, outras de jacarés.

Agora, porém, ele apenas olha a procissão, contrito, respeitoso. Se fosse carnaval, estaria dançando à frente do Tinhosos do Itaúna, com seus sete companheiros: batendo no peito, pisando no chão com força, olhando de cara feia, chamando pra briga... Mas agora — embora magoado e roído pela saudade de Raquel — ele é o simpático mas triste Nozinho, bom filho, bom camarada, amigo dos amigos, vendo abrir-se uma nova página na história da sua cidade.

Mas não é só a capital federal que se modifica nesse momento. A velha São Paulo dos bandeirantes também. Alarga-se e amplia-se a avenida São João, constrói-se o viaduto de Santa Ifigênia, urbaniza-se o vale do Anhangabaú. E, mais ao sul ainda, bem lá embaixo, o fluxo migratório, ativado desde o século passado, acelera o crescimento urbano da cidade de Porto Alegre.

Distante quase quinhentos quilômetros da Pauliceia e a mais de dois dias de distância de Porto Alegre, nosso herói amarga o amor, mas vai voltando aos poucos ao ambiente da Praça Onze, onde extravasa os sentimentos que o dominam, de forma absolutamente inusitada.

Agora, por exemplo, ele, no fundo do quintal de Tia Hermínia, de tamancos, camiseta de meia e calça arregaçada, mexe num enorme porrão algo que borbulha ao crepitar das chamas do fogão de lenha.

— Sarapatel é a melhor comida que tem! A gente mata o porco e aproveita tudo, a tripa e os miúdos e principalmente o sangue. Ao matar o animal, a gente apara o sangue numa vasilha com vinagre pra conservar. Depois, lava as tripas, bem lavadinhas, com água e limão, e aferventa. Os miúdos também, a mesma coisa: coração, rins, bofe, fígado... Corta tudo em pedaços bem pequenos e tempera com coentro, louro, pimenta-malagueta, pimenta-do-reino, todos os temperos que quiser. Aí joga tudo na panela, vai juntando água e vai mexendo. Quando estiver tudo bem macio, joga o sangue e ferve.

Quem explica a receita é Tia Hermínia. E Nozinho, mexendo o panelão, conta pra ela de onde vem a palavra "sarapatel":

— Vem dos jejes, Tia, da língua do povo do Daomé. Vem de *kpeté*, que é um molho feito de sangue e farinha, misturado com o quimbundo *zala*, espalhar. Aí deu *sara paté*, que acabou em *sarapatel*. Os nossos mais-velhos iam falando, falando, e as palavras iam se modificando... Interessante, não é?

A Tia explica que o sarapatel é uma das comidas votivas de Nanã Burucu, seu santo de cabeça. Mas Nozinho participa da feitura da comida por bronca, numa vingança interior pelo mal que Natan Fridman e sua família lhe causaram, separando-o de sua amada Raquel e humilhando-o com aquela proscrição escandalosa. E, só de pirraça, ainda acrescenta ao cardápio da festa chouriço ou morcela, pernil assado e leitão à pururuca.

Os seguidores da Lei de Moisés não comem carne de porco, de coelho nem de camelo porque a Lei não lhes permite. Mas esse é um tabu exclusivamente deles e dos muçulmanos. No candomblé, come-se carne de porco sem problemas; e Nanã Burucu até que gosta. Mas, a ela, só se podem oferecer alimentos cozidos em recipiente de barro; e que tenham sido sacrificados por asfixia, enforcados com um belo pano multicolorido. Com faca, jamais.

— Cada terra com seu uso, cada porca com seu fuso, não é?

Nozinho agora quer que todo mundo saiba que ele come carne de porco. No botequim, quando chega, vai logo pedindo um prato de torresmo. Bobagem, infantilidade, dor de cotovelo!... Mas o fato é que ele, aos poucos, vai voltando a conviver com os velhos camaradas da Praça Onze, como é o caso de David, com quem vem agora pela rua de São Leopoldo, descendo a rua de Santana em direção à estação Dom Pedro II.

Na esquina da Praça, esperando passar o bonde 36, que segue, apinhado, para a praça XV, ele olha a tabuleta recém-colocada na sacada do sobrado. Está escrita em hebraico, com aqueles grafismos complicados. Mas, mesmo sem ler, Nozinho sabe que ela indica a sede da Sociedade Filhos de Sion. Então, lembra que uma daquelas velhinhas de seu meio sempre falava de uma Sociedade Protetora dos Desvalidos, existente na Bahia. Remoendo esse pensamento, dá um pulo e pega o bonde em movimento, o que David também faz. Saltam no Passeio Público com estilo, de costas; e, quando vão atravessar a rua, Nozinho para, estatelado.

Em passadas rápidas, a moça atravessa na frente dos dois. É ela, sim; é ela. Nozinho quase se atira à sua frente:

— Raquel! Raquel!

A jovem detém o passo, assustada, olha bem para o desconhecido e o repreende com firmeza:

— Não seja importuno, rapaz! Você não quer que eu chame a polícia, quer?

David não entende a cena. E Nozinho, ainda bastante descontrolado, tenta explicar:

— Eu ando muito cansado, mano velho... Minha cabeça não anda boa, não.

Prosseguem a pé e chegam ao destino, que é no bairro da Lapa — na rua onde ficava a chácara do vice-almirante inglês John Taylor —, a casa de Rebeca, que David diz ser sua tia. A casa tem três andares. Nos de cima, Nozinho percebe movimento e falatório de vozes femininas. No térreo, ficam o vestíbulo e o salão, que surpreende pela decoração espetacular e a presença de um bar e um espaço logo identificado como uma pista de dança. Nozinho percebe que a casa é um bordel. Acha interessante, e imagina frequentá-la. Rebeca o acha atraente, principalmente pelo exotismo de ser um preto que fala iídiche.

Com David, Nozinho tem *negócios no ramo imobiliário*, como costuma dizer. Pois o está ajudando na tentativa de vender lotes de uma antiga fazenda em Nova Iguaçu, no estado do Rio, fatiada judicialmente pelos herdeiros do falecido proprietário. Seu objetivo, além do negócio, é conseguir instalações para o *povo da seita* que está vindo da Bahia para o Rio.

Mas, enquanto seus negócios não engrenam, Nozinho se defende como pode. E, devido às suas múltiplas atividades, tem vida intensa, principalmente à noite. E aí convive com malandros do Estácio, com gente do teatro e dos cafés-cantantes. Serve também como um elo entre os artistas do povo e as elites intelectuais sequiosas de exotismo. E corre os quatro cantos da cidade, tendo interesses até mesmo nos subúrbios, das linhas da Central às da Leopoldina; de Francisco Sá a Bonsucesso; de São Cristóvão a Dona Clara.

Num desses cantos, eis a estação ferroviária da Piedade, a sétima depois do Riachuelo, inaugurada na década de 1870 com o nome de Parada do Gambá. A partir dela, mais tarde, com a expansão dos trilhos dos bondes, desenvolveu-

-se todo um bairro, ao longo da Estrada Real de Santa Cruz. Depois disso, ocorreu um novo surto de desenvolvimento, agora em torno da capela de Nossa Senhora da Piedade.

— Muita gente importante tem chácara por aqui, tanto de um lado quanto de outro da linha: Manuel Vitorino, que foi vice do presidente Prudente; Assis Carneiro, que foi leiloeiro do Império... E a luz elétrica está chegando! — O corretor se anima ante a possibilidade de vender mais um lote. — Isso aqui é uma cidade em miniatura. Tem uma igreja e uma capela, padarias, o magazine Ao Novo Século, onde se pode comprar de tudo; o bazar Flor da Piedade, duas farmácias, dois armazéns, quitandas, vendinhas, açougues... Piedade tem de tudo!

É em Piedade que Nozinho encontra agora Albertina, irmã do flautista Alberto de Mendonça e de Milu Boneca, aspirante ao estrelato.

Com apenas 16 anos, Emília de Mendonça, a Milu Boneca, começa a atuar como cantora em circos. Jovem humilde do Catumbi, tem aparência de menina, com feições finas e pele veludosa. Graciosa, tem olhos sonsos e maliciosos; parece um biscuit. É vizinha de Pixinguinha e vem se tornando conhecida por cantar em festinhas familiares, com uma voz muito bonita.

Albertina, a Tina, é a caçula da família, e o xodó de Milu, que a trata como filha. Com 14 anos, Tina se enamorou de Braz, excelente moço, mas muito pobre, apesar de trabalhador. Braz é de São Cristóvão, não tem emprego fixo e vive de biscates. Inclusive, trabalhou nas obras de Pereira Passos, como calceteiro, pavimentando a avenida Central.

Gosta muito de dançar, o Braz. E nos bailes que frequenta se destaca também pela educação e pela elegância de seus trajes. São ternos muito bem cortados — calça, colete e paletó —, apesar do baixo custo das fazendas: brim, caroá, ganga...

O termo "fazenda" era usado antigamente como sinônimo de pano e tecido. Esse sentido da palavra, como eu aprendi, vinha do latim *facenda: coisa que é para fazer, para executar*. E o Braz conseguia suas fazendas por intermédio de um amigo, o João Briola, que era operário da Fábrica de Tecidos Confiança. Sua modista era a Comadre Custódia, artista da tesoura em sua máquina Singer a manivela.

Porém o cupido que tinha flechado Tina e Braz era apressado. Aí, aconteceu o mau passo... E a menina, coitada, ficou de barriga, carpindo um drama que só não era maior porque Braz, extremamente responsável e carinhoso, logo se dispôs a botar tudo em pratos limpos, assumindo todos os ônus do seu destempero amoroso para se casar mesmo com Tina, de papel passado, assim que a lei o permitisse.

Mas a aceitação de Braz pelos pais de Tina era diferente daquela que dispensavam ao argentino Irigoyen, *amigo* de Milu. Braz era preto, e foi um infante exposto, sem pai nem mãe, por sorte criado na Escola Correcional Quinze de Novembro. Mas o casamento dele com Tina aconteceu mesmo de verdade, e eles, naquela época, moravam em um quartinho na Piedade, que já era o bairro mais adiantado dos subúrbios.

Piedade tinha de um tudo! Aos domingos, Braz gostava de ir ver o futebol no campo do River, time que disputava o campeonato da Liga Metropolitana, defrontando-se com adversários poderosos como o Vasco, o Bonsucesso e o Andaraí. Tina de vez em quando ia até a estação ouvir o rádio, sonhando um dia ir ao cineteatro, ver uma fita ou uma peça.

O triste é que o Braz não dava sorte com trabalho e as coisas estavam ficando cada vez mais difíceis. Aí, acabaram tendo que deixar o relativo conforto da Piedade, esquecer Catumbi e São Cristóvão e buscar moradia, mesmo sem luz, sem água encanada e quase sem vizinhos, lá pros lados daquele Rio de Janeiro ainda sertanejo, rural, de que a cidade só às vezes ouvia falar.

Chamava-se Irajá a distante localidade. "Terra onde brota o mel", diziam os indígenas. Para o jovem casal, em sua tristeza conformada, era o desterro. Mas... Quem sabe? O futuro a Deus pertence.

Para o nosso Nozinho, que conseguiu a chácara pro casalzinho tomar conta, era o lugar que ele tinha incrustado no lado direito do peito. Literalmente.

10. O LORDE

A palavra "ialorixá" costuma ser traduzida como *mãe de santo*. E isso provoca uma discussão: como é que uma mulher comum pode ser mãe de um santo? E a variante masculina do termo, "babalorixá", pai de santo, também causa estranheza. Na realidade, porém, o núcleo dessas duas palavras, como aprendi com meu mestre filólogo Jacques Raymundo, é o iorubá *olorixá*, termo que designa todo aquele que possui um orixá na cabeça. Então, ialorixá é a *iyá* (mãe) do olorixá e não do orixá. E *babá* é o pai. Deu pra entender?

Mas o que eu quero mesmo dizer é que uma ialorixá não é, como muitos pensam, uma simples rezadeira, benzedeira, curandeira ou jogadora de búzios. Para chegar a esse alto cargo dos candomblés, a mulher tem que ser respeitada (e até venerada) por seus conhecimentos esotéricos, por seu caráter e antes de tudo pela sua liderança. E este é o caso de Mãe Mocinha.

Iniciada nos mistérios da tradição religiosa dos orixás jeje-nagôs com cerca de 15 anos, Dona Mocinha logo se destacou como uma mulher brilhante e de inteligência invulgar. E assim, à frente e ao lado de outros importantes dignitários da *seita*, ela vem buscando fortalecer o culto e garantir condições para seu livre exercício.

Sua importância chega até aos mais altos escalões da República. E isso, pelo que se diz à boca pequena, desde o dia em que foi consultada pelo ex-presidente Rodrigues Alves sobre se conseguiria se eleger na sucessão de Afonso Pena. Contam que ela jogou os búzios e, interpretando a mensagem por eles transmitida, lhe disse: "Ganha, mas não leva, porque a vitória vai ser castelhana." Ninguém entendeu. Mas, de fato, o político, embora tenha vencido as eleições, antes de tomar posse foi fatalmente vitimado pela gripe espanhola.

Mãe Mocinha também é política. Sua plataforma é a reorganização do povo nagô na Bahia e no Rio de Janeiro, fundando novas comunidades religiosas, com apoio de pessoas influentes; e, na medida do possível, localizando esses núcleos em locais mais apropriados, próximos a matas, rios, cachoeiras... Porque, desde o século passado, o povo do santo, como se diz, veio naturalmente se alojando nas proximidades do centro, como no morro de São Diogo (ou do Pinto) e no da Providência (ou Favela). Mãe Mocinha incentiva os líderes a terem roças mais condizentes com suas necessidades, comprando terrenos no estado do Rio em lugares como Tinguá, Xerém, Raiz da Serra, afastados, mas com acesso à capital federal graças aos trilhos das estradas de ferro Dom Pedro II e Rio d'Ouro.

Sabendo disso, Nozinho, através do corretor David, consegue os lotes esparsos que começam a abrigar as novas casas de santo, espécies de sucursais dos candomblés baianos, que vão se instalando por boa parte da baixada do estado do Rio, livres da repressão policial. Consegue também terrenos para os primeiros grupos de samba: na estrada do Portela, no morro da Mangueira, no morro do Borel etc. Assim, a partir da conquista de suas bases territoriais (mesmo em terrenos ruins), os grupos se organizam.

Ao mesmo tempo, nosso herói é introduzido por David no ambiente da insinuante Rebeca, onde vai se aprimorando em seus conhecimentos de iídiche e da língua francesa, além de continuar ciceroneando intelectuais de fora, como o paulistaníssimo Décio Penteado; o que culmina por lhe causar um sério aborrecimento.

Um dos traços mais firmes do caráter de Nozinho se resumia neste dito, que aliás parece que os latinos já usavam: "Aos amigos, tudo; aos inimigos, a lei." Com aqueles do seu círculo de amizades, até mesmo os que viviam à margem da sociedade, era afável, solidário, companheiro. Mas com os desafetos, qualquer que fosse o motivo da desafeição, era implacável. E assim foi quando, tempos depois de ter levado Penteado à casa de Tia Hermínia, onde o paulistano foi tratado com toda a cortesia, um dia lhe chega às mãos um manuscrito destinado, como constava, a se transformar num livro. Nele, o autor, o tal Penteado, descrevia a visita à casa da respeitada ialorixá, cuja influência se irradiava da Praça Onze até o Estácio, a praia Formosa, a Prainha e o cais Pharoux. Mas descrevia a casa como se fosse um zungu, um lupanar reles; e a festa onde baixaram os orixás como uma espécie de missa negra, uma sessão de feitiçaria, uma bacanal.

— Essa é, de um modo geral, a visão jornalística que se difunde a respeito do povo de cor: quando não é a suposta inferioridade racial dos pretos e mulatos, é o sensacionalismo, o escândalo.

— Eles já tinham feito isso com Tia Ciata.

Esses comentários são feitos na redação do jornal *A Crítica*, e as vozes do diálogo vêm de Francisco Guimarães, o "Vagalume", e João Ferreira Gomes, o "Jota Efegê", jornalistas, também intelectuais, mas afetivamente ligados ao mundo que descrevem. Não são como outros, paparicados como grandes escritores, mas que apresentam a gente de cor, seus costumes e formas de expressão, muitas vezes ridicularizando suas peculiaridades. Jota Efegê, Vagalume e seus pares, ao contrário, compreendem, respeitam e divulgam os cordões, os ranchos, os clubes, fiéis à sua vida social pois vivem dentro dela; e por isso são rotulados, às vezes até pejorativamente, como *cronistas carnavalescos*.

Então, depois de ler o que o Décio Penteado escreveu, naquele mesmo dia, caindo a noite, Nozinho chega ao Café e Bar Jeremias, onde já estão Tibelo, Marcelino, Caboclo e Neca da Baiana. Junta-se a eles, puxa uma cadeira, senta, pede uma Guarda Velha bem gelada e mais copos, abre o encardido envelope de papel pardo, tira o maço de folhas e faz a denúncia:

— Vocês sabem que tem um elemento aí difamando a Tia Hermínia?

— Muita gente tem inveja dela.

A intervenção é do italiano Gambardella, que um dia achou absurdo a Tia ter-lhe cobrado uma consulta, sem saber que nas obrigações de santo o dinheiro é indispensável ao ritual.

— Pois foi aquele professor, escritor, sei lá, o tal de Penteado que eu levei na casa da Tia, a pedido do Guanabara. Ele é de São Paulo, gente da alta, professor, escritor, sei lá. Mas escreveu a difamação, escuta só.

Nozinho, então, lê trechos do que Décio Penteado escreveu e pretende publicar em livro:

— *"A macumba era lá no Mangue no zungu da Negra, feiticeira como não tinha outra, mãe de santo malfalada e cantadeira de violão."* Veja você: ele fez uma ursada com a Tia. Viu uma coisa e disse outra.

— Chamou ela de feiticeira.

— *"Era uma negra velha com um século no sofrimento, já bisavó e babona..."*

— Chamou ela de velha coroca, veja só!

— Tia Hermínia não é tão velha assim. Não tem nem 70 anos.

— E ainda está muito forte, muito ativa. Lê mais!

— *"Ela cantava o nome do santo que tinham de saudar: Ô, Olorungu! Vamo saravá! Ô, Boto Tucuxi!"* Misturou alhos com bugalhos. Não conheço nenhum orixá por nome Tucuxi. Tia Hermínia é de Queto e respeita os fundamentos.

— E nunca saravou.

— *"Todos estavam nus também e se esperava a escolha do Filho de Exu pelo grande Cão presente."* Que sacanagem! Tá dizendo aqui que as iaôs do terreiro dançam nuas. Isso é desmoralização. E tem mais: "*Os ladrões, os senadores, os futebóleres, todos, vinham se rojando por debaixo do pó avermelhado da saleta e, depois de bater a cabeça com o lado esquerdo no chão, beijavam os joelhos, beijavam todo o corpo dela.*"

— Esse sujeito merece é umas boas porradas.

— É de São Paulo.

— Então? Por que é que a gente não vai lá em São Paulo e dá uns tabefes no safado?

— "*A polaca vermelha gemia uns roncos soluçados, meio choro, meio gozo, e não era polaca mais: era Exu, o jurupari mais macanudo daquela religião.*"

— Ele está chamado Exu de diabo. Isso é coisa de padre. É padre, ele?

— Não! Parece que é poeta, sei lá.

— Padre e poeta é tudo a mesma coisa: tudo falso ao corpo, tudo esconde-rola.

— Um outro já tinha feito o mesmo com Tia Ciata. Eu me lembro muito bem.

A evocação da veneranda matriarca dos baianos da Praça Onze, cuja memória ainda paira sobre toda a Cidade Nova, é inevitável. Já no tempo dela, a cidade de São Paulo, principalmente por conta dos imigrantes, começava a se tornar a cidade mais industrializada do Brasil; e por isso fingia estar em ebulição. Como o Rio de Janeiro festejava a Independência, os paulistas, para chamar a atenção, promoveram a Semana de Arte Moderna, com três dias de escândalo. O que acabou respingando na inesquecível Tia Ciata.

Mas é nessa Pauliceia Desvairada que Nozinho, à procura do tal do Penteado, acaba mesmo é conhecendo

Simão, o Lorde de Ébano, como gosta de ser chamado, ou Cônsul dos Crioulos, como o chamam seus detratores.

A realidade é que — vale a pena explicar —, durante a escravidão, a mãe-preta tinha amamentado e criado muitas das crianças da casa-grande. E muitas vezes o patriarca incluía o nome da preta em seu testamento. O escravo liberto, por sua vez, depois de anos e anos vivendo na família, já não conseguia mais ficar longe dela. Da mesma forma que a mãe-preta, ele em geral usava o sobrenome dos antigos patrões. E compartilhava com eles o mesmo teto, que às vezes abrigava também um ou outro filho bastardo, mulatinho, que o chefe da família, por culpa, tinha resolvido proteger. E até mesmo aquele moleque safado, levado da breca, escudeiro do sinhozinho. Ou o parente distante, empobrecido, que um dia veio de visita, com mulher, filhos, bagagem e matulagem e nunca mais foi embora.

No campo era diferente: lá, o trabalho duro na lavoura ou no engenho, de sol a sol, controlado com mão de ferro pelo feitor e visando ao aumento da produção, não dava margem a essas aproximações. Mas na cidade, naturalmente, a vida dos patrões se estendia na dos agregados.

Filho de um desses adventícios, Simão nasceu assim. Então, era preto, mas de família ilustre. Diz, sem comprovar muito bem, que descende, pelo lado paterno, de uma certa família Simonsen, e, pelo lado materno, do célebre Lorde Cochrane:

— Thomas Alexander Cochrane, oficial da Marinha Real Britânica durante os movimentos de independência nas Américas — explica o inexplicável Simão, pronunciando com perfeição cada palavra.

Pode não ser verdade. Mas que este preto Simão — cujo nome de registro diz ser Sebastian Cochrane Simonsen — parece nobre, isso ninguém contesta. E ele tem na ponta da língua a história brasileira desse ancestral ilustre:

— Foi meu tataravô. Veio pro Brasil em 1823, com 48 anos, depois de comandar a esquadra que garantiu a independência do Peru. Aqui, recebeu a patente de primeiro-almirante; e foi o primeiro estrangeiro a ganhar essa posição. Que, aliás, ganhou da mão de José Bonifácio, "em nome do povo brasileiro", como o patriarca disse na ocasião. Aí, ele foi o comandante de toda a Marinha Brasileira; e, assim, lutou na Bahia, no Maranhão... Inclusive, ganhando o título de Marquês do Maranhão. Ficou aqui só dois, três anos; mas deixou seu nome gravado: esteve na Confederação do Equador; na Guerra dos Mascates, também.

Simão não conta, por não saber ou não querer, como foi que, há mais ou menos cem anos, o sobrenome desse alegado tataravô (que os livros de história contam ter-se casado com uma dama de sobrenome Barnes) veio ligar-se ao "Simonsen", que se abrasileirou como "Simão". Entretanto, a ser verdadeira a genealogia que ele apregoava, o mais plausível é que sua origem esteja em uma daquelas ligações extraconjugais, não raras no Brasil do escravismo, onde, na calada da noite, a atração entre os contrários alimentou a sempre tão discutida mestiçagem brasileira. Mas os mestiços nascidos dessas ligações, mesmo quando eram acolhidos no seio familiar, embora não fossem colocados na "roda dos expostos", dificilmente herdavam o sobrenome branco do pai ou da mãe.

Polêmicas à parte, o caso é que Simão vivia nas altas rodas. Como um diplomata, um cônsul da gente de cor no Distrito Federal e na Pauliceia. Assim, bastava o jornal anunciar que ia chegar a uma das capitais um escritor, um artista, um desportista preto ou mulato, americano, cubano, baiano, maranhense, pernambucano, ele logo tomava suas providências. Primeiro, telegrafava colocando-se à disposição; e, quando a personalidade aceitava, reservava hotel, cuidava do transporte e da programação, avisava a imprensa. Aí, quando o ilustre visitante descia do navio ou saltava do trem, logo o reconhecia, no cais ou na gare Dom Pedro II. Sim, é ele! Quem mais teria aquele porte, aquela estatura, aquele sorriso e aquela elegância? Só mesmo Sebastian Simonsen, como ele fez imprimir no cartão de visitas, onde, no canto superior esquerdo, reluzia discretamente o brasão de seu clã. É um Lorde de Ébano, como às vezes é referido em alguns jornais, embora outros preferissem tratá-lo como o Cônsul dos Crioulos.

Nozinho fica boquiaberto com a figura. Sebastian Simonsen é realmente um diplomata. Que, ao saber do motivo de sua ida a São Paulo, simpático, sorridente, acolhedor, o dissuade:

— Bobagem, meu "ermão"! Deixa isso pra lá. Décio Penteado é um intelectual importante e não fez isso por mal. Ele simplesmente viu o que não devia ver, não entendeu e deu asas à imaginação. Ele é um poeta, e poesia é antes de tudo fantasia. Além disso, ele vê as coisas africanas como festa, folclore, folguedo tradicional, do tempo antigo. Quer ver uma coisa? Ele nem sabe que é mulato! Deixa isso pra lá. Eu se fosse você voltava era para o Rio, para a sua Praça Onze. Isso aqui é outro negócio. O povo de cor aqui é muito triste, muito cabisbaixo. O Rio é que é bom. Quer ver só uma coisa? Até mesmo na Semana de Arte Moderna, que está acabando de acontecer, o bom mesmo está é no Rio, com as festas do Centenário.

Simão estava certo. Bom mesmo estava era no Rio: Guiomar Novaes cantava e Villa-Lobos regia a orquestra sob assobios e gritos. No embalo, um grupo de músicos populares, financiado pelo milionário Arnaldo Guinle, arrumava as malas para viajar à França e se exibir em Paris no Dancing Sherazade. Eram os Oito Batutas, embalados pelo chamego gerado pelo cartaz de que arte africana então gozava em Paris. Esse xodó já tinha se manifestado no trabalho de artistas como Picasso, Léger e Apollinaire, bem como no prestígio de músicos de jazz, pugilistas e artistas do *show business*, como Josephine Baker.

E, passada a Semana, os paulistas estavam era na capital, falando francês e puxando o saco do Blaise Cendrars, que tinha vindo mostrar aos brasileiros que boa mesmo era a arte dos crioulos, já que, segundo ele, a arte dos bacanas era pura imitação da que se fazia na Europa e nos Estados Unidos. Assim, o herói e seus camaradas voltaram.

A conversa com o Lorde de Ébano trouxe a Nozinho fortes lembranças da grande festa, que seus olhos de criança fixaram para a mente jamais esquecer. Então, naquela noite, no trem da volta ao Rio, ele sonhou.

Eram 2.500 metros entre pavilhões descritos pela imprensa como deslumbrantes monumentos arquitetônicos, como dizia a propaganda oficial. A entrada principal ficava na avenida Rio Branco. E o povo entrava por uma porta monumental de 33 metros de altura. Na avenida das Nações se alinhavam os palácios e representações estrangeiras. Mais adiante, avistava-se a praça na qual se erigem os palácios brasileiros, considerados "monumentos majestosos de nossa riqueza e de nossa capacidade de trabalho".

Além deles, erguiam-se quinze pavilhões estrangeiros. Na área nacional, havia os palácios de festas, dos estados, da música, das diversões, da caça e pesca e muitos outros.

Bem no centro da feira, de repente Nozinho vê o que não quer mais ver, mas enxerga a todo momento: ela e a menina, a filha, que carrega pela mão. A menina, moreninha, cabelos cacheados, é linda. E traz na mãozinha uma bandeirola do Brasil e outra que nosso herói não consegue identificar. Mas ele sabe quem ela é; e corre para agarrá-la, pegá-la no colo e beijá-la com todo o seu carinho.

O trem já está chegando à gare Dom Pedro II. Mas Nozinho, imantado pela visão, tenta arrancar a menina dos braços da mãe a todo custo.

— O que é isso, rapaz? Tá maluco?

Arnóbio contém Nozinho com toda a força da sua musculatura. A senhora do assento ao lado, tentando proteger a filha do ataque, chama pela polícia, grita por socorro. Mas os camaradas, Bola-Sete e Arnóbio, saltam rápido, arrastando o amigo enlouquecido e o levando, à força, para trás da gare.

— Se acalma, rapaz! Deixa de fita! Que negócio é esse?

— Isso é obsessão. E da braba.

— Mas ele parecia estar tão bem...

— Esse caboclo anda muito perturbado.

— É mesmo.

— E bebendo... fumando erva demais... cheirando essa porcaria dos gringos...

Nozinho estava realmente transtornado, tomado por um surto psicótico, ou lá o que fosse; e os companheiros não sabiam o que fazer. Mas a Providência mais uma vez se fez presente naquela manhã na Gamboa. Devagar, no seu passo de urubu-malandro, lendo no jornal as manchetes do dia, o dr. Chaim vem chegando para abrir a Drogaria Saúde.

— Ué? Vocês ainda na orgia a esta hora?

— Nosso camarada está passando mal, doutor.

— Epa! O negócio tá brabo, hein, moreno!? Vamos dar um jeito nisso.

Chaim Sherman só de olhar já sabia o que tinha o Nozinho. E, depois de abrir a farmácia, antes mesmo de vestir o guarda-pó, ferveu a seringa, preparou a injeção, e aplicou o sossega-leão no malandro.

— Esse brederodes está precisando mesmo é de dormir um bom sono e descansar a cabeça.

Os colegas meteram Nozinho, já desmaiado, num carro de praça. E, em vez de o levarem pra casa, pra não chamar atenção, rumaram para o barraco do Bola-Sete, no Catumbi.

Um dos bairros mais antigos do Rio, o Catumbi situa-se num vale na encosta nordeste do morro de Santa Teresa. Originou-se de um arraial às margens do rio que lhe deu o nome. Nome esse que uns dizem ser tupi, significando água do mato escuro ou rio sombreado; e outros dizem vir de Angola, significando casa abandonada, em uma das línguas de lá.

Nos tempos coloniais e do Império, os proprietários locais dedicavam-se basicamente ao cultivo da cana-de-açúcar. E as casas-grandes das antigas fazendas acabaram dando lugar a vistosos sobrados, que abrigaram as abastadas famílias remanescentes dos bons tempos. Mas hoje grande parte desses sobrados são habitações coletivas, onde mora gente humilde e trabalhadora, como os pais e irmãos da apreciada cantora Milu Boneca.

Mulata clara, Milu vem sendo projetada no rastro fulgurante de Ascendina Santos, Rosa Negra e Araci Cortes. E talvez para ofuscar e matar essas estrelas; o que efetivamente acontece com as duas primeiras, mas não com a grande Araci Cortes, que a ignora e segue em frente. Curiosamente, a carreira das duas tem alguns pontos de contato. Milu Boneca canta e dança cheia de graça e sensualidade, principalmente maxixes picantes. Logo, sua fama se espalha e todos querem vê-la no Circo Democrático, na Praça da Bandeira. É apresentada ao teatrólogo, dramaturgo e aventureiro Zeca Patrocínio, que, cheio de más intenções, diz querer fazer dela a estrela de uma de suas revistas. Zeca é sem dúvida um personagem envolvente. Tanto quanto mitômano, mentiroso, fantasista, farsante e manipulador. Mecenato se transforma quando fala dele:

— O Zeca conhece Europa, França e Bahia. E nessas viagens todas ficou íntimo de reis, almirantes, ditadores; dos homens mais poderosos do planeta. Mulheres, ele passou na cara as mais lindas do mundo e deixou todas caidinhas por aquela sua figura de príncipe hindu. Ele costuma dizer que o avô dele nasceu num lugar chamado Katmandu, lá pros lados da Indonésia. E por isso é que ele tem o hábito de fumar aquelas cigarrilhas turcas, da Tabacaria Africana. Zeca leva a vida do jeito que quer: não se importa com nada. *Pau que dá em Chico dá em Francisco*, ele costuma dizer. E tem razão, sabe? A vida tem que ser vivida é assim mesmo: *tanto faz dar na cabeça quanto na cabeça dar*. Ele é que está certo. Tem gente que já viu ele convidar um amigo para o restaurante mais caro e deixar a mesa na hora de pagar a conta. Já viram ele fingir, como de costume, um ataque epilético, quando um marido pegou ele na cama com a mulher. Na Europa, na guerra, isso todo mundo sabe, o Zeca puxou cadeia na Inglaterra, acusado de espionagem internacional. Quando saiu, de volta ao Brasil, ele contou essa história em capítulos, como folhetim de jornal. Essa história incluía um romance sabe com quem? Com a Mata Hari, a famosa espiã internacional. Mais tarde, quando os jornais noticiaram a morte dela, ele deu o maior escândalo, em prantos, à mesa do Pascoal, na rua do Ouvidor. Dizia que tinha ficado viúvo. Esse Zeca é um fenômeno, minha gente!

Mas sucesso, mesmo, quem fazia, naquele momento, era Milu Mendonça.

Chegando quase menina ao meio artístico, a jovem logo fez seu cartaz, tornando-se estrela. Cortejada por muitos homens, desejada por todos, permanecia casta; pelo menos na aparência. Fazia que não entendia os arroubos dos apaixonados, dos que lhe mandavam flores ao camarim, que iam à caixa do teatro depois dos espetáculos. Dona de forte personalidade, disposta a abrir caminho na vida à custa apenas do seu talento, resistiu sempre. Entretanto, nos ensaios da revista *É tudo polca*, se enamorou do ensaiador argentino Arturo Irigoyen, bailarino e coreógrafo. Irigoyen era um *gentleman*, muito delicado e atencioso, e Milu se apaixonou por ele. Inclusive, foi ele quem lhe ensinou o sapateado americano, com o qual a estrelinha viria a fazer muito sucesso nos palcos cariocas e de outras capitais brasileiras.

Entretanto, um dia, nos ensaios da revista, chegou Simão, amigo de Zeca Patrocínio, apresentado ao elenco como uma pessoa importante, com condições de levar a trupe à Europa. Simão prestou atenção em Milu, fascinado por sua beleza e sua graça. E, num arroubo, avisou a ela que a *tap dance* não era nada daquilo que o argentino lhe ensinara. Milu não acreditou: achava que tudo não passava de despeito do Simão. E Irigoyen, enciumado, começou a odiar o Cônsul dos Crioulos.

Pouco tempo depois, o anúncio do casamento de Milu com o argentino causava grande surpresa. Da mesma forma que, pouco mais de um ano após a união do casal, causou profundo e geral abatimento a morte do filho que a artista esperava. Passado algum tempo, entretanto, Milu levantava a cabeça para se dedicar firmemente à carreira. Mas sentia falta de um *manager*, um empresário, o que por fim encontrou em Simão.

Assumindo a direção da ascendente carreira de Milu, Simão, cortês, inteligente e muito bem informado, procurava lhe ensinar coisas realmente úteis para o seu trabalho. E, por suas maneiras e seu conhecimento (muito diferentes do argentino), ela acabou se afeiçoando de verdade a ele, findando por se separar de Irigoyen. Como Nozinho sempre desejou.

Mas, nesta altura, Nozinho já está longe; na Bahia, em missão especial que a Rebeca da rua Taylor lhe confiou. Aproveitando, leva algumas encomendas para o povo do santo, enviadas por Mãe Mocinha. E vai tentar dar uma organizada na sua cabeça, que ainda anda muito, muito confusa.

11. BITOLA LARGA

Deus escreve certo por linhas tortas! A expedição punitiva de Nozinho a São Paulo, que poderia ter dado numa grande merda — me desculpem o termo, mas não há outro —, com polícia, cadeia e até morte, acabou por revelar a ele a figura surpreendente do Lorde de Ébano, a cujo encontro ele vai agora, cabeça fresca.

É que, com a inauguração da bitola larga, o trem vai direto até São Paulo. Não tem mais baldeação; e tudo é mais fácil e agradável.

Como quase todo carioca do nosso tempo, Nozinho, quando me contou essa viagem, tinha aquela ideia de que em São Paulo era tudo melhor. Aí vinha aquela coisa de virado à paulista, gol paulista, copo paulista, Antárctica Paulista, Café Paulista... O gentílico usado como marca de excelência. Dentro dessa ideia meio colonizada, a rua da Carioca, comparada com a avenida Paulista, era apenas uma viela, um atalho, um carreiro, um caminho. Para ele, ainda bobinho, a Pauliceia era uma Buenos Aires, uma Paris.

— Já na roça, no meio daquelas fazendas, a gente sentia a diferença. Depois daquele mundão de terras maltratadas e pantanosas, depois que o trem passou daquelas terras cheias de mosquitos e de doenças, com o capim-colonião cobrindo tudo, e que o presidente Nilo Peçanha mostrou a um visitante como plantações de trigo e arroz... De repente a paisagem foi dando lugar àquele verdão bonito, tudo plantadinho. Eu senti logo que já estava em São Paulo.

Para ele, o Jardim da Luz era o Champs-Élysées:

— O ar era tão limpinho, tão fresquinho, que nem parecia que eu estava no Brasil. O povo lá é civilizado; todo mundo anda bem-vestido... E come-se muito bem em São Paulo!

Quem diz isso, agora, não é mais o Nozinho, filho da Praça Onze. É Lindonor Santana, o rapaz que é de cor, mas fala iídiche e outras línguas; e que no saguão da estação, procurando à direita e à esquerda, logo vê Simão à sua espera.

Cabelo aparado rente, rosto cuidadosamente escanhoado, sempre de terno — calça, colete e paletó — e gravata discretos, escuros, assim Nozinho, de longe, identifica Simão.

Homem que se preza não sai à rua de linho branco, diz ele, que só usa linho em suas alvíssimas camisas com peito duro, da Bertholet. Além disso, seus ternos são sempre de corte inglês, que considera bem mais masculino que o francês. Chapéus, prefere os de tipo coco, principalmente Gelot; e, quando vem ao Rio, usa os palhetas, que compra na Americana, na rua do Ouvidor.

São Paulo é pra ganhar dinheiro e ir gastar no Rio, ele sempre diz, do alto de seus finos sapatos, Bostock ou

Clark, que usa com meias de fio escócia. Este é o Sebastian Simonsen, chamado em São Paulo o Lorde de Ébano; e, no Rio, conhecido como o Cônsul dos Crioulos, conforme o batizou a crônica carnavalesca.

Nessa roda dos jornalistas de carnaval, Simão tem amigos importantes, como Jota Efegê, Vagalume, Casquinha, Príncipe Fofinho etc. Amigos que ele faz questão de mostrar em sua real essência, como porta-vozes da cultura negra e das comunidades proletárias do velho Rio de Janeiro.

E, assim como alguns desses jornalistas do carnaval, a quem devota amizade e admiração, com Sebastian Simonsen e dentro dele, convive, sem problemas, o *Nego Simão*, que só se manifesta em terra carioca, na roda dos mais íntimos, na pândega, no pagode. Aí, é o amigo de todos os foliões, da Prainha ao Saco do Alferes, sempre a par de tudo o que diz respeito ao carnaval. Aquele que, com seu violão bolacha de boca marchetada, canta não só chulas e lundus picarescos, fesceninos, safados; sambas raiados, chulados, de sua própria autoria; como também líricas modinhas, que deliciam a roda de amigos. Isso tudo sem deixar de ser fiel ao seu povo, sempre integrado aos movimentos que visem à elevação de seus irmãos de raça e a incluí-los dignamente na sociedade. Por isso, toma parte em várias associações e irmandades.

Pelo menos é o que dizem os jornais a seu respeito...

Graças à boa criação que teve, Simão conseguiu estudar e adquirir um traquejo que o colocou dentro da sociedade geral sem maiores problemas. Isso ele conta para Nozinho, num largo e calmo passeio, sem pressa, indo os dois em direção ao Hotel Payssandu, no ar limpo e fresco da Pauliceia, entre modernos automóveis, gente civilizada, sóbria e elegante.

— Pois é isso, meu irmão! Nós não temos que nos preocupar com esses intelectuais que querem nos transformar em objeto de estudo. Isso é problema deles. Isso é mais um francesismo. É uma perversão, espécie de maluquice. E se chama *negrophilie*.

— Como assim?

— Negrofilia, obsessão mórbida pelos negros. Isso é que tem levado muita gente boa na Europa, principalmente nos círculos intelectuais de Paris, a ter essa fixação violenta nas coisas de negros. Tem um lado positivo, claro! Picasso, Léger, Modigliani e outros se basearam ou ainda se inspiram na arte africana para criar suas telas e esculturas. Mas tem também essa tara de querer desvendar, pra falar mal. E esse é o caso do Décio Penteado.

— Ele falou muito mal da Tia Hermínia.

— Nada! Ele quis foi fazer literatura. Aí, meteu os pés pelas mãos. Nós temos coisas muito mais importantes para pensar e agir.

— É... Pode ser...

— Eu aprendi muito com Robert Abbott.

— Como assim?

— No Brasil, ainda não. Mas na América do Norte muitos irmãos de cor já conseguiram mostrar sua inteligência e sua capacidade. Quer ver só? — Simão conhecia muito sobre cientistas e inventores negros. — Se não fosse Lewis Latimer, nós todos ainda estaríamos no escuro, pois foi ele quem inventou a lâmpada incandescente, antes de

Thomas Edison... Sem o semáforo, inventado por Garrett Morgan, os desastres de automóveis seriam muito mais frequentes... Se Percy Lavon Julian não tivesse sintetizado a tal da *fisostigmina*, muito mais gente hoje estaria sofrendo de dores no corpo... Sem Granville T. Woods, os inventos de Edison não teriam a dimensão que alcançaram. Tudo isso eu aprendi com meu amigo Abbott.

Robert Sengstacke Abbott é um jornalista americano, de cor. Tempos atrás visitou o Brasil, em campanha contra o preconceito e a segregação racial. E durante essa visita foi ele, Simão, o Cônsul dos Crioulos, que esteve à frente de tudo. Inclusive levando-o, secretamente, à casa de seu pai de santo, Henrique Assumano Mina do Brasil, na rua Barão de São Félix, para uma consulta, seguida de um ebó para abertura dos caminhos.

— E como é que eu não soube disso? — espanta-se Nozinho.

— Você devia estar naquele teu exílio, no tal do Areal.

O encontro com Abbott acabou fazendo do esperto Simão um dos corifeus da ideologia da negritude no Brasil.

— Mas que negócio é esse de negritude? Não é uma maluquice francesa também?

— Não, meu irmão! A negritude é o sentimento de orgulho que nós negros temos que ter com relação às nossas origens africanas. E é através desse sentimento que nós temos a oportunidade de construir um mundo melhor, de verdadeira fraternidade e igualdade.

Os dois chegam ao hotel. Simão é recebido com respeito, pois já é conhecido da casa e fez a reserva para o amigo. Nozinho se credencia e cumpre a ritualística da hospedagem. Recebe a chave, agradece... E continua a conversa, que realmente lhe está interessando muito, agora sentados os dois no hall do hotel.

— Pra mim, essa conversa de *nós negros*, *afro-brasileiros*, é chata. Acho que a gente tem é que se preparar pra chegar lá em cima. Esse é que é o caso.

— Mas, pra chegar lá em cima, a gente tem que se libertar do complexo de inferioridade, mano! Porque nós não somos inferiores. E a negritude é a celebração de tudo de bom que o povo negro fez até aqui, na África e em todo o mundo.

— A meu ver nós não temos muito do que nos orgulhar... Na escravidão, os pretos eram treinados a odiar uns aos outros; a não dar valor ao dinheiro nem à educação; a não pensarem no futuro...

— Não era exatamente assim...

— Então, deu no que deu. Os que conseguiram remar contra a maré ou receberam um empurrãozinho ainda subiram um pouco. Mas a maioria... É isso o que se vê.

— Você tem certa razão. Afinal, a Lei Áurea já foi promulgada há algum tempo... Mas nós temos algum motivo de orgulho sim, meu irmão! Pouca gente sabe, mas a África construiu civilizações tão importantes quanto as maiores civilizações do mundo ocidental.

— Espera aí...

— Construiu, sim. E, quando eu digo África, não estou falando de africanos brancos, não! Eu falo é dos berberes, dos etíopes, dos mouros; e principalmente dos pretos, mesmo, dos mais escuros, como eu, que sempre foram maioria em todo o continente. E aí se incluem os egípcios, que, nas origens, foram também majoritariamente pretos, já que suas raízes estão na Núbia e no Sudão, lá onde nasce o rio Nilo. Você sabe onde nasce o rio Nilo?

— Mais ou menos...

— De lá, lá de dentro, compadre, foi que a civilização foi descendo (e não subindo), até chegar ao mar Mediterrâneo.

— Você sabe de coisas, hein, Simão. Eu nunca tinha ouvido falar nisso.

— Ah, meu irmão! Eu não estou inventando moda, não! Nos Estados Unidos, na Europa, e mesmo na África, há muito tempo, tem muita gente pensando nessas coisas e escrevendo sobre elas, como o professor James Weldon Johnson, o dr. William Du Bois, o falecido Martin Delany...

— Nunca ouvi falar...

— Quando a gente fala de negritude, a gente está falando disso tudo. Não tem nada a ver com escravidão, navio negreiro, racismo... Pois isso é que o nosso povo tem que saber: dos grandes impérios das savanas, no Atlântico e no oceano Índico... Gana, Mali, Songai, Kanem-Bornu, Zimbábue, Monomotapa, Congo... Tudo isso era ouro, prata, riquezas, mesmo. Que a Europa levou, pra cunhar moedas, pra criar o capitalismo.

A sonoridade de todos esses nomes acende uma luz na mente de Nozinho. Simão então se entusiasma e agiganta:

— A negritude é nosso patrimônio, a nossa arte, a nossa obra. Que fez a riqueza da Europa. E nós temos que buscar de volta, mano velho!

— Mas, se a gente sai por aí falando isso, começam a dizer que a gente está fazendo racismo ao contrário.

— Toda ação provoca uma reação, Nozinho! A gente ter orgulho de ser como é não é complexo nem doença!

Muito pelo contrário. É o desejo, legítimo, de sermos nós mesmos, para nos expandirmos, evoluir.

— Mas aí a gente acaba se isolando...

— Bobagem, meu camarada! A gente quer é ser igual, juntar as mãos. E pra isso temos que ter poder, ter dinheiro, pra gente se impor. Como aqueles antigos imperadores africanos...

— Os chineses inventaram a pólvora, os europeus inventaram a bússola. A África, pelo que eu sei, não inventou nada.

— Inventou, sim! E é isso que a gente precisa mostrar. Inventou filosofia, arte, medicina, tecnologia... A escola é que não ensina isso.

— Quer saber de uma coisa? Nesse ponto, pra mim, os judeus são os campeões. Você vê: Einstein, Freud, Primo Levi, Franz Kafka, Hannah Arendt, Houdini, Marcel Proust, Isaac Abravanel, Benjamin Disraeli, Stefan Zweig...

— Perfeitamente. Os judeus e os pretos têm muitos pontos em comum. O problema é que a dominação europeia praticamente calou a inteligência africana, pra justificar a colonização. E aí ninguém ficou sabendo do que acontecia lá na África antes da chegada dos europeus. Assim como existe entre os judeus, existe também entre nós um conjunto de valores e uma identidade comum. Por isso é que nós, em qualquer lugar do mundo, devemos lutar pelos nossos. Os negros do mundo inteiro têm um compromisso ideológico uns com os outros.

— Pois é...

— E digo mais, meu amigo: assim como o cativeiro dos hebreus no Egito inspirou os negros na escravidão na

América, o sucesso econômico e político dos judeus em todo o mundo deve servir de exemplo para nós. Mas nós temos que ter o nosso dinheirinho, meu liga! Temos que ter capital. Sem capital ninguém arruma nada!

A formação ideológica de Simão, que antes era só sentimento, começou a se estruturar com a visita de Robert Abbott ao Brasil. Fundador e editor do *Chicago Defender*, o maior e mais influente jornal semanal dos negros americanos, Abbott veio ao Brasil na condição de jornalista. Um dos primeiros negros milionários de seu país, ele, hoje com seus 50 anos mais ou menos, tem uma história interessante: sua mãe, viúva, casara-se em segundas núpcias; e seu padrasto era filho de um alemão que alforriara e se casara com uma escrava. A biografia de Abbott fascinara Sebastian Simonsen. Então, quando o americano veio ao Brasil, em campanha contra o preconceito e a segregação racial, ele fez absoluta questão de estar à frente de tudo. O objetivo de Abbott, nessa visita, era conhecer as condições políticas, sociais e econômicas em que viviam os brasileiros de cor e compará-las com as dos *black, brown and beige* em seu país. Começou a viagem pelo Rio de Janeiro. Mas decepcionou-se com a falta de consciência política dos cariocas e foi para São Paulo, onde deu o primeiro passo na aglutinação e conscientização dos negros, na direção de se organizarem politicamente.

Abbott tinha razão. Agora mesmo, neste momento, ainda ecoa, no Rio, carnavalescamente, o escândalo que sacudiu São Paulo em apenas três breves dias. Guiomar Novaes canta e Villa-Lobos rege a orquestra sob assobios e gritos. No embalo, um grupo de músicos populares, financiado pelo milionário Arnaldo Guinle, embarca para Paris, onde vai se exibir no Dancing Sherazade. São os Oito Batutas, embalados pelos ventos não da negritude, mas da negrofilia.

Nesse momento também, ainda repercute, na Pauliceia, o escândalo que o jornal *O Estado de S. Paulo* fez pelo fato de a arte brasileira ser representada em Paris pelos Oito Batutas. A direção do jornal chegou ao absurdo de uma campanha de difamação contra eles. No que Simão reagiu comandando um grupo de manifestantes que acabou por acampar dentro do jornal; e que só saíram quando a família Mesquita acabou com a implicância.

12. ETIÓPICAS

A ideia de uma grande comunidade supranacional reunindo africanos e descendentes espalhados por todo o mundo não era nova. Vinha do século XVI, de quando portugueses aventureiros começaram a capturar africanos, acorrentá-los e enviá-los em navios de carga, para serem vendidos nas Américas. O número desses desgraçados foi aumentando. E cresceu tanto que acabou por gerar duas Áfricas, uma lá na origem, se esfacelando, e outra na mente dos seus exilados, povoada por séculos de lembranças idealizadas.

— Meu avô contava que os cativos, mesmo acorrentados, se jogavam no mar, no desespero de querer nadar de volta pras suas aldeias, suas casas, suas famílias.

É claro que teve gente que se conformou. E os que foram nascendo aqui cada vez menos tinham ligação com essa África dos parentes. Mas, de um modo geral, a volta à África era uma obsessão. E a obsessão gerou uma espécie de miragem, que era o mito de uma África perfeita, representada principalmente pela Etiópia, país muito antigo, tido sempre como muito rico, com muito saber, muita beleza. E que por isso nunca foi dominado, escravizado ou colonizado por ninguém.

— Deus quando criou o mundo começou pela Etiópia. E começou mandando: "A terra faça brotar vegetação, plantas que deem semente e árvores que deem frutos sobre a terra tendo em si a semente de cada espécie. Assim se fez; e Deus viu que era bom."

Simão também lê a Bíblia, claro. Mas sua *etiopicidade* é bem menos mística e mais prática. Ele trabalha, sim, pela união de africanos descendentes; mas seus objetivos são mais pragmáticos:

— Nosso povo só pode melhorar suas condições através da luta política. E pra isso a gente precisa chegar às câmaras de vereadores, para depois ganhar o espaço federal. A volta à África é uma ilusão de ótica, um sonho do passado. O que a gente precisa é estimular os intercâmbios, não com uma África simbólica, mas com algo concreto, estabelecendo relações não apenas diplomáticas mas também comerciais através de Portugal, França, Inglaterra e as demais potências coloniais. A África tem muita riqueza, meus senhores. E nós somos herdeiros; não só culturais como também industriais e comerciais...

Mas o bonito discurso de Simão de repente cede lugar a uma estranha fala ritmada por tambores:

— *Atrás do muro da noite/ sem que ninguém o perceba/ muitos dos meus ancestrais/ já mortos há muito tempo/ reúnem-se em minha casa./ E nos pomos a conversar/ sobre coisas amargas./ Sobre grilhões e correntes/ que no passado eram visíveis./ Sobre grilhões e correntes/ que no presente são invisíveis./ Invisíveis mas existentes...*

A voz de negro velho vem de algum lugar desconhecido, certamente do futuro. Vem de um livro publicado dali a uns cinquenta anos, por um moço poeta que acaba de nascer na cidade paulista de Tietê. Seu nome é Carlos Assumpção, diz ele ao fim do declamatório. Mas não há aplausos; pois ninguém ouviu. E Nozinho, disso tudo, o que quer mesmo é esfriar a cabeça, livrar-se da obsessão. Quem sabe numa volta à velha freguesia?

13. RIO D'OURO

O caso é que nem com a moderna rodovia as ideias modernistas de São Paulo chegariam à freguesia de Irajá. Aqui, o que corre e faz barulho há já algum tempo é a maria-fumaça da Estrada de Ferro Rio d'Ouro. Resfolegando, ela vai do Caju à represa do rio d'Ouro, em Tinguá, Nova Iguaçu. E, graças a ela, e aos bondes que ligam Irajá e Penha a Madureira, o progresso veio chegando, das estradas do Marechal Rangel, do Monsenhor Félix, do Areal do Barro Vermelho, que faz a ligação com a antiga região do Sapê.

A freguesia de Irajá tem mais ou menos 100 mil habitantes. Essa população ocupa uma planície com alguns morros isolados e umas poucas matas, como a do Pau-Ferro. Por ela, correm rios modestos, como o Meriti, o Pavuna, o Irajá e o Sarapuí, que deságuam na baía de Guanabara. O comércio é pouco; então restam as chácaras que vendem hortaliças, algumas olarias e caieiras, alguns pastos... Indústrias, mesmo, praticamente não existem. Mas o povo vai vivendo como pode. E este é o caso de Tina, irmã da artista Milu Mendonça, com seu marido Braz.

O casal já tem sete filhos, todos homens: Emílio, Ernesto, Erasmo, Egídio, Heráclito, Hércules e Hermes. Os com H são os mais claros. Mas cada um tem uma cor e um tipo físico diferente.

De início, isso causou desconfiança em Braz, mas depois o dr. Chaim Sherman, farmacêutico quase médico, e amigo da família, explicou tudo direitinho, com aquele seu linguajar desbocado:

— Você sabe o que é um cromossomo? Então, aprenda, seu arigó: cromossomo é uma estrutura que existe em cada célula do corpo da gente, e que passa de pai para filho.

— Ahn...

— E genes, você sabe o que são?

Braz disfarça:

— Mais ou menos, doutor.

— O gene é o cocozinho de cabrito do cromossomo: a sementinha.

— Sementinha... Sim...

— Cada célula do corpo humano possui 48 cromossomos. E esses cromossomos são formados por uns 44 mil pares de genes.

— É muita coisa, doutor.

— E eles são os verdadeiros responsáveis pela fachada e pela pinta de cada um de nós. Esse teu cabelo pixaim, essas tuas orelhas de abano, essa tua cor de pau queimado, esse teu nariz de batata; tudo isso é determinado por esses genes e cromossomos. E também a altura, o tamanho das mãos e dos pés... Está entendendo?

Braz finge direitinho:

— Perfeitamente, doutor.

— Então, veja. — Sherman agora fala como um cientista, e Braz ouve de olho arregalado. — Desses 44 mil genes que constituem o fundamento hereditário do ser humano, embora não se possa estabelecer o seu número com precisão matemática, pelo menos 90% são comuns a todos os indivíduos da nossa espécie. Dessa maneira, apesar de sermos todos diferentes uns dos outros — brancos, pretos, mulatos, caboclos —, 90% do total dos nossos genes são iguais.

— Entendi.

— Então, Braz... — Sherman agora abandona a habitual ironia. — A união de duas pessoas, como você e Tina, que já são mulatos, pode fazer nascer crianças de diversos tipos, inclusive mulato claro parecendo branco. Por causa dos genes e cromossomos.

Braz não entendeu quase nada. Mas se divertiu bastante com a história que o médico, um tremendo sacana, contou: de uma mulher branquíssima, de cabelo louro e escorrido, que, parindo um filho escuro e de cabelo enroladinho, justificou com o marido: "Logo assim que você me emprenhou, um dia eu vi um preto na rua e me assustei com a feiura dele. E fiquei tão impressionada que aquela impressão escureceu meu filho."

— Safada!

A casa modesta hoje está enriquecida, por conta do aniversário de Tina. O pai dela e de Milu, seu Honório, morreu há uns dois anos. E deixou a viúva, Dona Doca, desnorteada e ao desabrigo. Meteu-se em negócios; e o sócio, um italiano mau-caráter, o passou pra trás. Perdeu tudo, inclusive a casa do Catumbi. Braz, já funcionário da Casa da Moeda, colocação que conseguiu por intermédio de um político, acolhe a sogra que antes o rejeitara por ser preto. A casa era originalmente pequena, mas Braz, à medida que os filhos foram nascendo, foi aumentando os cômodos. E, agora, trabalha animado, ajudado pelos vizinhos, num puxado para abrigar a sogra.

O aniversário de Tina foi um excelente pretexto pra reunir a família. Eu mesmo, que sou apenas amigo, fui até lá, com o amigo Chaim Sherman, que, além de grande médico, é um intelectual de primeira e um bom copo.

Aproveitando o aniversário de Tina, Milu, já morando em São Paulo com Simão, vem ao Rio com o *amigo*; e vai visitar a irmã. Passam um fim de semana maravilhoso, de festança no subúrbio.

Pois é sempre assim: de repente, o que era uma simples reunião de família acaba mesmo virando uma festa. Chegam o maestro Cláudio de Barros, com seu violão; professor Dica, com o cavaquinho; Cláudio Camunguelo, com a flauta; Ovídio Brito, com o pandeiro... E está formado o pagode.

Braz tinha comprado umas cervejas e posto na tina — "A outra tina", brinca — pra gelar. Mas logo vê necessidade de mais algumas, o que Simão, sempre pródigo, metendo a mão no bolso, faz questão de providenciar.

Tina não consegue conter o pensamento, que já a persegue há algum tempo: "De onde é que esse homem tira tanto dinheiro, meu pai do céu?" Todos sabem que ele tem negócios. Mas ninguém, nem mesmo sua adorada Milu, sabe exatamente o que faz o Lorde de Ébano, em São Paulo, ou Cônsul dos Crioulos, no Rio. Porém... Cada um com seu cada qual, como diz o velho ditado. E o importante é que estão todos felizes. Tanto que Braz já está puxando o Batuque da Piedade, que sempre canta quando está um pouquinho mais alegre:

Piedade, ô! Piedade...
Nossa Senhora da Penha, piedade!

A roda dos amigos repete, batendo palmas cadenciadas; e Braz solta os versos da chula, com o coro entremeando o refrão:

Veja ilustre passageiro (Piedade)
De Quintino ao Encantado (Piedade)
Que belo tipo faceiro (Piedade)
Que o senhor tem a seu lado (Piedade)

Piedade, ô! Piedade...

Piedade cearense (Piedade)
De Catulo da Paixão (Piedade)
Também foi irmão da gente (Piedade)
O Tigre da Abolição (Piedade)

Piedade, ô! Piedade...

Num triângulo de amor (Piedade)
Deu-se um crime passional (Piedade)
Vitimado o escritor (Piedade)
Na velha Estrada Real (Piedade)

Piedade, ô! Piedade...

Volta o refrão, seguem-se os solos improvisados, ao sabor da inspiração dos tiradores de versos. O Batuque da Piedade é uma espécie de hino nacional das batucadas suburbanas, uma joia do cancioneiro popular carioca. E ninguém sabe quem compôs. Dizem que veio da Bahia, onde tem também um lugar chamado Piedade.

Piedade, ô! Piedade...
Nossa Senhora da Penha, piedade!

Nozinho também veio à festa. E num determinado momento é chamado a um canto por Milu, que lhe conta um segredo:
— Conheci sua polaca, Seu Nozinho...
— Minha polaca?
— Estive no Rio Grande, rapaz. Fui me apresentar lá, em Porto Alegre. E quando acabou a apresentação ela veio falar comigo. — Nozinho empalidece. — Não é Raquel o nome dela?
— Sim... Raquel... Mas onde? Como?
— Ela inclusive me deu o endereço... — Milu tira de entre os seios um pedaço de papel e o entrega a Nozinho, com um sorriso terno. — Missão cumprida. Boa sorte! Mas vai com calma, meu amiguinho...
Nozinho se afasta, completamente desnorteado. Enquanto isso, Simão, depois de um reconfortante gole de cerveja, diz que vai pôr mãos à obra e ajudar Braz a erguer, mesmo, sua vida. Promete a ele um novo pistolão de um político ainda mais poderoso que o anterior, e garante que vai lhe conseguir a nomeação para a chefia da estação da Estrada de Ferro Central do Brasil em Dona Clara. Onde Braz vai conseguir, finalmente, uma colocação estável e de futuro. Para a alegria de todos, inclusive da sogra; que agora gosta dele como de um filho.

14. TURUNAS

Desde menino, sempre gostei muito de carnaval; e o fato de ter sido criado na Praça Onze foi muito importante. Muito cedo também, percebi que há duas formas de carnaval: aquele que você só aprecia, e aquele outro em que você cai dentro, mesmo, pra brincar e se acabar.

O carnaval de olhar é assim como um teatro na rua, a céu aberto, a que você assiste sem ter que pagar; e nele o artista é que gasta o dinheiro, nos trajes, nas fantasias, nas caracterizações. Por isso, sempre foi mais próprio dos abastados, ou, pelo menos, dos remediados.

É quase impossível a gente ver no carnaval um pobre vestir um traje ou uma fantasia bonita e que custe algum dinheiro. O que ele pode fazer, e faz, é meter lá um paletó do lado do avesso, um chapéu enfiado na cabeça pela copa, uma gravata enrolada na cintura... E aí fica de fato engraçado, e dá pra cair na farra, com umas timbucas nas ideias.

E isso não é só no Brasil — a gente sabe disso. No Caribe, por exemplo, o carnaval foi introduzido pelos padres franceses, e durava um bom tempo antes da quaresma, como eu li no *Lello Universal*. Inclusive, diz lá que nesses dias os escravos aproveitavam pra se divertir à sua moda, com seus instrumentos típicos, suas crenças e seus modos de cantar, dançar e brincar.

— O Zeca diz que já brincou um carnaval na Martinica, que pra ele é a terra da Josephine Baker. — Mecenato aproveita para contar mais uma do seu ídolo. — Ele disse que estava lá no bem-bom, fantasiado de pierrô, com uma francesa de colombina. Aí, o tal do vulcão monte Pelée resolveu entrar em erupção. Então, todo mundo fugiu pra nova capital, Fort-de-France, onde a festa tinha começado no Dia de Reis e se estendeu até a Quarta-Feira de Cinzas. No caso, as cinzas do vulcão. E lá ele viu grupos fantasiados saírem às ruas, em trajes variados: casacos velhos, roupas fora de moda, chapéus rasgados, fantasias brilhantes e coloridas de arlequim, pierrôs e diabos. E ele conta que tinha muita gente de máscara também: não só criticando os políticos, como representando os mortos, como se faz na África. Bom... Estou contando como o Zeca me contou. E vocês sabem que ele floreia muito.

Nesta, o Zeca Patrocínio não mentiu tanto. Esse tipo de carnaval acontecia da mesma forma no Haiti, em Trinidad e na Louisiana, sul dos Estados Unidos. E no Brasil não foi diferente: os viajantes estrangeiros que escreveram livros sobre o país observaram isso. Pelo menos desde o tempo do escravismo, eles viram a participação do povo de cor nos nossos folguedos carnavalescos marcada por uma atitude de resistência, passiva ou ativa, à opressão dos dominadores. Proibidos por lei de revidar aos ataques dos brancos, africanos e crioulos procuravam outras maneiras de brincar no entrudo. Eles gostavam de debochar dos patrões no carnaval, como por exemplo se fantasiando de velhos europeus e caricaturando seus gestos. Zombavam dos opressores criando, sem saber, os cordões de *velhos*, de grande sucesso no passado.

— O cordão é aquela coisa espontânea, simples, feita pra brincar o carnaval e não pra se exibir. Para isso, reúne-se lá uma turma, uns tambores, uma pancadaria, uns chocalhos, uns xequerês, uns ferrinhos... Mete-se lá um estandarte, só pra dizer o nome, o lugar de onde veio, criar uma identidade... E aí está feita a coisa.

Quem define é Simão, o Cônsul dos Crioulos, o Lorde de Ébano, que além de tudo também gosta um bocado de carnaval. Simão não é da crônica carnavalesca, esse aguerrido grupo de intelectuais, a maioria de cor, que dá o suporte jornalístico à festa. Teve chance de estudar em bons colégios e, desde cedo, ainda adolescente, foi colaborador de jornais, publicando versos e contos românticos no *Jornal das Moças*, depois foi foca na *Folha Fluminense*. Mas nunca foi da crônica carnavalesca, embora admire e respeite os cronistas e seja por eles também respeitado. E, como amigo, está sempre disposto a ajudá-los no que seja necessário.

— Aliás, foi uma nota do Jota Efegê no *Diário Carioca* que chamou minha atenção para a Milu. Fui vê-la na Casa de Caboclo e, sinceramente, me encantei por ela. Que voz, que presença, que graça, que beleza! Voltei no dia seguinte e levei flores para ela no camarim. Mas fui muito mal recebido pelo tal de Irigoyen, o argentino que mandava nela. Eu fui lá com todo o respeito, como um admirador bem-intencionado; mas o camarada era um estúpido, um boçal, um carcamano da pior espécie.

Simão se refere a Milu Mendonça, a cantora que, há algum tempo, vem deixando de quatro boa parte dos casanovas habitués das caixas de teatro cariocas, e com quem agora forma um dos casais mais simpáticos, harmoniosos e invejados da cena cultural e artística do eixo Rio-São Paulo. E isto depois de lhe ter demonstrado sua admiração, suas boas intenções, e, claro, depois que o argentino fez a pista e deixou o caminho aberto.

Além de muito delicado, Simão é visto no meio popular como um moço instruído que tem amigos importantes, inclusive na SBAT, a sociedade dos autores teatrais. Então, na hora de pensar no carnaval, é a ele que Mecenato recorre.

O caso é que o Tinhosos do Itaúna, onde Nozinho pontificava como o caboclo de frente, já não é mais um cordão rixento e brigão, disposto a qualquer coisa nos dias de carnaval. Agora é um rancho, com estatuto registrado em cartório, e se chama oficialmente Flor da Itaúna, com o nome da rua, Visconde de Itaúna, gramaticalmente corrigido e enunciado no feminino, com o que os fundadores do antigo rancho não concordam:

— É "o Itaúna", mocinho! O visconde era macho. E nós somos também. Duvida?

O cordão era espontâneo, à vontade. Mas o rancho já é outra coisa. O termo "rancho" tem, no caso, o significado de *grupo de pessoas em marcha*. O cordão também, com a diferença de que, em geral, seus componentes caminham em uma espécie de fila, formando exatamente um cordão. Os ranchos também já representam algo além dos cordões, por serem efetivamente clubes recreativos e, no carnaval, apresentarem um tema, uma espécie de entrecho dramático, que é desenvolvido nas fantasias, em alguns elementos cênicos e principalmente na marcha de desfile. Mas além deles ainda gozam de maior prestígio as grandes sociedades carnavalescas, como a dos Fenianos, Tenentes do Diabo, Democráticos e outras que se destacam pelos carros alegóricos.

O Flor da Itaúna é um rancho. Mas, pelo que dizem, tem a pretensão de um dia se tornar uma grande sociedade. Como a Kananga do Japão, da rua Senador Euzébio, que é um clube dançante, mas também sai à rua no carnaval. Ou até mesmo mais do que isso, apresentando seu teatro lírico ambulante, quem sabe até com uma grande orquestra. Mecenato, que é o diretor carnavalesco, diz que o objetivo não é esse. Mas no fundo, no fundo, parece que é isso mesmo. Porque a força das sociedades está nos carros alegóricos. E Mecenato sonha com carros grandes, com mecanismos de movimento e inclusive com bailados, números de ginástica e até efeitos e recursos da cinematografia. Tanto que noutro dia foi surpreendido fazendo cálculos estranhos, escrevendo fórmulas esdrúxulas, como aquela do movimento oscilatório do pêndulo.

— Hmm... Não sei, não... Mas acho que o Mecenato está ficando maluco.

— É... Vai ver que é desse pozinho de pirlimpimpim que ele gosta de meter pra dentro do nariz.

Mecenato tem como modelo o Ameno Resedá, um rancho que faz sucesso há quase duas décadas. Seu sucesso se deve a uma orientação eminentemente teatral, de teatro lírico ambulante, como diz sua propaganda, e o objetivo expresso de sair fora de qualquer motivação africanista, embora seja majoritariamente integrado por pessoas de cor.

— No seu primeiro carnaval, o Ameno apresentou o tema "A corte egipciana", talvez achando, como todo mundo acha, que o Egito não tem nada a ver com a África, que seus governantes eram apenas morenos, queimados pelo sol do Mediterrâneo. Esquecem eles que a civilização egípcia veio pelas águas do rio Nilo, que começa no interior da África, lá em cima, na Núbia. E que, nos tempos bíblicos, um faraó preto chamado Taraca, rei da Núbia e do Egito, apoiou rebeliões na Palestina para enfraquecer o poder dos assírios que dominavam a região. Está na Bíblia, no livro do profeta Isaías. E, assim como Taraca, vários outros faraós eram núbios, gente de cor mesmo. Mas muito pouca gente sabe disso.

Quem diz essas coisas surpreendentes, como sempre, é o Lorde de Ébano, a quem o Mecenato foi levar a ideia de seu enredo para o carnaval do Itaúna.

— Eu pensei num enredo sobre os índios. Mas os índios brasileiros não tiveram assim um cenário bonito, roupas vistosas, joias, penachos. Ou tiveram?

Mecenato tem razão. Desde o Colégio Pedro II, eu sabia que os nativos do México e do Peru, astecas e incas, foram senhores de grandes impérios. Quando os espanhóis chegaram às terras deles, depois de Cristóvão Colombo, encontraram lá muitas riquezas. No Brasil, ninguém sabe direito por que não aconteceu igual.

Lembro de um professor de História da América dizendo que todos os indígenas que hoje vivem no nosso continente descendem de povos caçadores, que vieram do Norte através do istmo do Panamá, há milhares de anos. Esse istmo é a faixa de terra que liga a América do Norte à do Sul. Cada um desses povos estabeleceu seus modos de viver, sua organização. Uns se desenvolveram, outros não. Mas ninguém sabe direito por que os do Brasil não chegaram ao mesmo grau de desenvolvimento que os astecas, no México, os incas, no Peru, e os maias, lá para aqueles lados de Guatemala e Honduras. Esses, então, deixaram histórias que dão muitos enredos.

— Por que você não faz um enredo sobre a África, Mecenato?

— Mas a África não tem história.

— Não tem? Você é que não sabe.

— História que dê pra mostrar luxo, riqueza, plumas?

— Claro que tem. Vou te contar uma.

Simão conta para Mecenato a história do imperador de Gana, o primeiro grande império das savanas da África Ocidental — o maior fornecedor de ouro para os países do Mediterrâneo e do Oriente entre os séculos VIII e XIII. No seu auge, o imperador tinha um exército de 200 mil soldados, e só os arqueiros eram 40 mil.

Os viajantes árabes que estiveram lá contam que, quando ele dava audiência, ao ar livre, eram tantas as suas joias de ouro que tudo brilhava. E até seus pajens usavam espadas e escudos de ouro, e mesmo os cavalos tinham arreios cobertos pelo metal. As minas de ouro ficavam a dezoito dias de viagem do palácio. O pó dourado que saía delas era do povo. E as pepitas, que em geral pesavam de 30 gramas a quase meio quilo, eram propriedade do imperador. No palácio, ele tinha uma pedra de ouro que pesava 15 quilos, e era nela que amarrava o cavalo.

Mecenato fica muito espantado com o relato de Simão. E se entusiasma com o enredo.

— Mas ninguém vai acreditar nisto, Simão!

— Ora, ora... Mecenato... Carnaval é fantasia...

— Já sei. A gente pega essa história e conta como se fosse das *Mil e uma noites*.

— Ótimo! É teatro.

Mas a conversa não acaba aí. Em casa, já na cama, Simão volta a pensar no propósito de Mecenato. E se lembra de uma história fantástica, que leu não lembra onde, sobre os primeiros indígenas das Américas — os olmecas. Esse povo viveu no sudeste do antigo México. Sua cultura floresceu do último milênio antes de Cristo até o fim do primeiro da era cristã. Sua arte, bastante apreciada, inclui cabeças gigantescas esculpidas em pedra que estão lá até hoje. As feições dessas cabeças, com narizes largos, lábios grossos e olhos butucados, levantaram a hipótese da presença de africanos nas Américas antes de Colombo.

A ideia tira o sono de Simão. Então, pela manhã, maldormido, ele ruma para a Biblioteca Nacional, onde, pergunta daqui, pergunta dali, e depois de folhear vários livros, pacientemente trazidos por um funcionário aplicado, encontra o caminho das pedras.

"Os olmecas constituíram talvez a primeira civilização das Américas, surgida antes da Era Cristã. E, quando a civilização deles se extinguiu, surgiu a dos maias, mais para o sul; e depois desta apareceu a dos incas, nos Andes. E tem gente que diz que os índios brasileiros vieram daí",

Simão pensava, tentando juntar os fios da meada. "Então, não é nada impossível que, quando essas civilizações foram se extinguindo, eles, em busca de água e alimento, tenham chegado, aos pouquinhos, até as terras hoje brasileiras. Alguns ficaram pelo caminho; mas outros foram se espalhando pela futura Terra de Santa Cruz."

O Lorde de Ébano era persistente e enfrentava o carnaval do Mecenato como um desafio. E foi ao encontro do carnavalesco.

Mecenato não entendia aonde Simão queria chegar; e o que ele dizia não o sensibilizava. Até que o Cônsul dos Crioulos, numa atitude estudada, buscando teatralmente o espanto de seu interlocutor, disparou:

— Que tal um enredo mostrando que a América foi descoberta por nativos africanos?

Simão sabe que Mecenato vai preferir um motivo mais fácil de compreender, como "A dama das camélias", "A corte de Belzebu", "As quatro estações do ano"... por aí. Carnaval é diversão, entretenimento; no máximo, literatura. Não tem nada a ver com política: não é pra ficar botando caraminholas na cabeça das pessoas. Mas, assim mesmo, diante de um Simão atarantado, mete a mão no bolso interno do paletó, tira duas folhas de papel cuidadosamente datilografadas e entrega a Mecenato:

— Está aqui o tema do Turunas da Itaúna para o carnaval deste ano!

Mecenato lê, embasbacado. E Simão vai explicando ponto por ponto, inclusive idealizando as ilustrações de cada quadro:

O ovo de Colombo

1. Na origem de tudo, África e América eram uma coisa só, como gema e clara do mesmo ovo.
2. E, desde muito tempo, os pretos africanos, do Egito, da Núbia e de outros reinos da África na Antiguidade, já sabiam que era preciso navegar. E ir longe, muito longe.
3. Na Idade Média, pretos muçulmanos do rico Império Mandinga tornaram-se famosos como grandes navegadores. Dizem alguns sábios que eles, navegando pelo oceano Atlântico, teriam chegado até as Américas. E até mesmo ao Brasil.
4. Um dos sinais da presença de pretos núbios ou egípcios nas Américas, muito antes de Cristóvão Colombo — dizem os sábios —, é a existência de grandes cabeças de pedra, descobertas entre o México e o Panamá, que datam de antes da Era Cristã. Essas esculturas, de proporções gigantescas, reproduzem fisionomias de pretos com cabelos crespos, encarapinhados. E estão lá até hoje. Elas mostram, como dizem os sábios, que as Américas foram descobertas por africanos muito antes de Colombo.
5. Dizem os sábios que um dia, através de viajantes árabes e mouros, espanhóis e portugueses ficaram sabendo dessas fantásticas viagens africanas. E resolveram também chegar ao Novo Continente. E assim, em 1492, Colombo chegou à América. E, logo depois, Cabral chegou ao Brasil.

6. Descoberta a América, e logo depois o Brasil, espanhóis e portugueses enxergaram no continente a sua galinha dos ovos de ouro. E passaram a extrair dele o mais que podiam. E tudo isso juntando, mais uma vez, África e América (agora, gema e clara de um ovo gorado, choco, podre, nojento), através das duas maiores tragédias que a humanidade já conheceu: o extermínio dos índios e a escravidão dos pretos.
7. Mas um belo dia pretos e índios acordaram de ovo virado. E se uniram para resistir aos opressores. Foi assim que muitos pretos passaram a viver como índios. E muitos índios foram viver e lutar com os pretos nos quilombos espalhados por todo o Brasil.
8. Na luta contra o inimigo, pretos e índios resistiram, também, na união pela fé. Na umbanda, onde os caboclos reverenciam os pretos velhos e também os orixás que vieram da África com eles. Da mesma forma, no toré, no catimbó e no babaçuê, onde pretos e índios se irmanaram na esperança e na fé.
9. No dia festivo de sol e na noite estrelada da festa, pretos e índios também resistiram e resistem, unidos, contra a opressão. No maracatu, nos cordões e em muitos outros folguedos do folclore nacional.

> 10. O Turunas não quer abafar ninguém. Nem mesmo Cristóvão Colombo! O que nós queremos é pôr a história às claras, botando no carnaval da Praça Onze este verdadeiro ovo de Colombo. Nosso rancho vem derrubar preconceitos e escrever uma nova história. Lá adiante, no futuro, o Turunas já vê, como consequência desse esforço, um outro ovo. Com nossos filhos pretos, índios, cafuzos, mulatos, mestiços, tendo as mesmas oportunidades que hoje têm os filhos de todos os outros povos que construíram esta gloriosa nação brasileira.
>
> A Comissão de Carnaval

Terminada a exaustiva leitura, já bem longe da euforia inicial, Simão e Mecenato se entreolham, coçando as respectivas cabeças...

— Mas... De onde você tirou essa história, Simão? — Mecenato está aturdido.

— Dos livros, meu camarada...

O Lorde não conta que essa versão da história circula em livros que jamais chegaram nem vão chegar ao Brasil.

— Mas é uma história muito maluca. Onde já se viu isso?

Simão entra no jogo:

— Ué? Não é carnaval? Carnaval é fantasia, mano velho! Então, vale tudo.

No curso da conversa, entretanto, os dois chegam à conclusão de que o tema tem mais palavrório do que sustança; e não é com palavrório que o Turunas vai suplantar o Resedá. O assunto do Colombo é complicado e de execução difícil. Então, resolvem pensar melhor.

Passados dois dias, Simão telefona para o Alvadia, onde Mecenato recebe os recados. E, na hora marcada, lá estão os dois de novo reunidos; e desta vez parece que a coisa vai.

Depois de lido e achado conforme, o tema é devidamente aprovado e sacramentado. O objetivo — Mecenato agora olha bem à frente — é exaltar a amizade e a união entre o povo de cor e a comunidade hebraica de todo o Brasil. O título é "Rapsódia afro-hebraica". A alegoria de abertura deverá representar um cordial aperto de mãos: uma preta, outra branca. Encimando, a estrela de Davi e o machado de Xangô, entrelaçados. Os componentes e as figuras principais irão encenar a visita da rainha de Sabá à corte do rei Salomão. E a alegoria de encerramento simbolizará a liberdade: os braços, brancos e negros, estarão entrecruzados, num gesto mútuo de rompimento de grilhões e quebra de cadeias.

A ideia convenientemente aprovada, Luiz Torrozu, o principal compositor do Itaúna, já saiu cantarolando a abertura da marcha: "Cântico dos cânticos/ do sábio Salomão/ É o que trazemos/ na nossa apresentação...". E o libreto da ópera ambulante, o enredo, com redação final do poeta Reis Molica, foi para o papel, tal como deveria chegar às mãos da imprensa e da comissão julgadora:

Rapsódia afro-hebraica

Nos albores do século X, antes de Nosso Senhor Jesus Cristo, porém muito depois de Moisés e Abraão, o rei Salomão reinava em Israel e Judá. Rico e poderoso, dono de fabulosos tesouros, o rei era também muito admirado por sua rara sapiência, a qual lhe permitia entender até a linguagem dos pássaros; e também por sua altíssima virtude e seu extraordinário senso de justiça. Sua fama chegou até Sabá, um reino entre a Arábia Feliz e a Abissínia, cuja rainha, chamada Belkiss, era uma mulher de cor e de extraordinária formosura, senhora também de fantásticas riquezas e de muitos outros atributos.

Ouvindo os muitos louvores que eram feitos ao rei Salomão, a rainha de Sabá tomou a decisão de conhecê-lo; para tanto, organizou uma colossal expedição, equipada com fantásticos presentes para serem ofertados ao poderoso monarca de Judá e Israel. E foi, singrando o mar Vermelho, à frente de uma esquadra composta de centenas de embarcações carregadas de inebriantes especiarias, coruscantes pepitas de ouro e lascas de prata e animais exóticos, tudo para ofertar ao poderoso rei. Vendo do alto e de longe a chegada da estonteante rainha árabe-abissínia, Salomão primeiro desconfiou e depois se espantou: o séquito era tão grande e de gente tão pequena e tão escura que lhe pareceu uma correição de formigas. Salomão espantou-se porque já lhe tinha chegado notícia de um povo assim, não obstante governado por uma rainha muito formosa. Ela, então, surgiu à frente daquele cortejo que jamais se viu igual, presença feita de mistério, de fascínio e sortilégios que ninguém conseguiria desvendar. Mas o sapientíssimo Salomão desvendou.

> O rei de Judá e Israel recebeu a rainha de Sabá com toda a sua excelsa majestade, mostrando-lhe todo o seu tesouro, toda a enorme sabedoria, e todo o rigor e equidade de sua justiça; deu a ela tudo o que ela quis e pediu, de sua mente e de seu corpo. E ela retribuiu, pondo aos seus pés, em posição de humildade, todas as riquezas e aromas que trouxera.
>
> Os jogos de inteligência, astúcia e perspicácia jogados pelos dois duraram três noites, ao fim das quais, exaustos, descansaram. Raiando o quarto dia, a formosa rainha e seu séquito partiram de volta à longínqua Sabá. Ela, levando no ventre o fruto carnal daquele amor majestoso, o qual, vindo à luz umas vinte luas depois, foi apresentado ao sol, aos planetas e astros como Menelik I, príncipe de Israel e da Abissínia, Leão de Judá e de Abraxas.
>
> Isto posto, é com grande orgulho que a Sociedade Recreativa e Rancho Carnavalesco Turunas da Itaúna apresenta este tema, simbolizando a amizade e a união fraterna entre o Sião e o Sudão (como diz a irreverência popular), independentemente de raça, credo, cor ou filiação política, saudando o brioso povo hebraico da Praça Onze, da Cidade Nova, do Distrito Federal e de todo o Brasil, e, da mesma forma, a imprensa carnavalesca e geral, os poderes constituídos e as agremiações coirmãs.
>
> Pedindo passagem,
> A Diretoria.

Nos preparativos para o carnaval, o Turunas da Itaúna consegue a colaboração do famoso pintor Estevão da Costa, artista premiado, que resolveu dedicar ao novo rancho algumas horas de seu trabalho, sem cobrar absolutamente nada. Assim, ei-lo aqui, no seu próprio ateliê, preparando as tintas para a execução de mais um painel, observado pelo ansioso Mecenato.

— Esse negócio de misturar tintas é difícil, hein, professor?

— Dificuldade nenhuma. Cada mistura tem a sua fórmula, a sua dosagem. Difícil mesmo, meu caro, é constituir uma nação onde uma cor não se sobreponha à outra.

O mestre já anda meio rezinguento. Coisas da idade! Fala com uma pontinha de mágoa, mas sabe do que está falando. Em sua vida profissional, por ser um homem de cor, a todo momento esbarra com um impedimento, com um obstáculo racista. Mecenato alimenta a conversa. E o venerado pintor desabafa, sem interromper o que está fazendo:

— Vê só: aqui — mostra as cumbucas de tinta — temos o azul, o vermelho, o amarelo. Essas são as cores primárias, fundamentais. Mas são o preto e o branco que fazem as gradações. Com o azul e o amarelo — demonstra —, a gente faz o verde; com o amarelo e o vermelho, chegamos ao laranja; misturando o preto com o vermelho, fazemos o marrom... O branco, se misturarmos a qualquer cor, vamos enfraquecer o tom dela, até ela chegar ao branco de novo. E o preto, vai logo dominando também.

— É verdade...

— O que eu quero dizer é o seguinte: toda cor tem o direito de existir, não é mesmo? Cada uma tem a sua identidade, a sua peculiaridade. Quem quiser misturar que misture, mas tem que ter uma razão, uma finalidade. Não é sair assim misturando a locé.

Mestre Estevão conhece o sul dos Estados Unidos. E exemplifica o que está dizendo, agora já pintando o painel, com uma de suas impressões de viagem:

— Em Nova Orleans, por exemplo, entre os *créoles de couleur*, que são os filhos de pais franceses e mães negras, ou vice-versa, há os que se orgulham de sua origem africana, enquanto outros se envergonham e odeiam, preferindo a sua porção francesa. Um dia, lá, o Sidney Bechet, o grande músico, me falou sobre isso. Disse que seu avô paterno tinha sido escravo, mas os maternos eram franceses; e a mãe dele era tão clara que quase não se percebia que era de cor. Então, ele, muito pequeno, perguntou à mãe por que ela tinha casado com um preto filho de escravo. E ela respondeu que, quando conheceu o marido, ele usava sapatos tão bonitos e dançava tão bem que ela não viu mais nada e se apaixonou por ele.

Mecenato não entendeu bem aonde o velho Estevão queria chegar. Mas gostava da conversa, principalmente porque o painel estava ficando muito bonito. E o artista continuava:

— Então, em todo lugar tem aqueles que gostam de sua cor e tem os que não gostam. Mas, pra mim, quando mistura, eu acho que a pessoa fica sem saber se é pau ou se é pedra, se é barro ou se é tijolo, se é água ou se é azeite. Mas todo mundo tem direito a ser o que é, não é mesmo?

A grande questão da mistura das tintas, para o velho Estevão da Costa, era a possibilidade, ou não, que teria o mestiço de identificar-se ou até mesmo reivindicar-se como pertencente a um dos ramos de sua ancestralidade, bem como estabelecer, a partir dela, laços de identidade com indivíduos de outras comunidades planetárias.

Essa opção, entretanto, às vezes esbarra num obstáculo difícil de transpor. E o impedimento se dá quando ocorre a absoluta predominância dos traços físicos, de aparência, de um dos componentes sobre o outro, o que pode gerar consequências desastrosas no psiquismo do optante, quando a prevalência não é exatamente a da matriz que escolheu. Surgem aí os problemas de autoestima, de negação de si mesmo. Estevão da Costa pensava assim.

O mestre tinha como parceira de trabalho no rancho a escultora Nina Rolemberg, sua aluna na Escola de Belas Artes. Nutrindo um carinho todo especial pelo professor, a moça o tratava por "Velho" e "Meu velho"; e ele só a chamava pelo sobrenome.

A pupila, embora reverente e respeitosa, discordava da ranzinzice de Estevão quando falava do que ele via como preconceito racial. Para ela, o Brasil era um exemplo mundial de tolerância e boa convivência entre seus habitantes. Assim, chegando animada para o trabalho, depois de cumprimentar Mecenato com simpatia e vestir o guarda-pó, ela logo entrou na conversa:

— Já sei, Seu Mecenato. O Velho já está de novo falando de preconceito, não é? — E dirigindo-se ao mestre: — Meu querido, a gente tem é que se entusiasmar. A leva de brasileiros novos que está chegando da Itália, da Polônia, da Rússia, de todo o Leste Europeu, tem muita gente boa. Essa turma já começa a trazer muita coisa pra gente. No nosso meio, mesmo, já tem gente criando obras formidáveis. Estão aí Goeldi, Guignard, Segall e até mesmo o novato Portinari que não me deixam mentir.

Estevão não entrega os pontos:

— Tudo bem. Mas, se os governos continuarem com essa doença de querer embranquecer o Brasil à força, daqui a uns anos só vai ter artista assim com esses nomes de gringo. Ainda bem que eu não vou estar aqui pra ver.

Pessimismos à parte, o painel sobre o Êxodo do Egito e a escultura da menorá encimada pela estrela de Davi, entrelaçada com o oxê de Xangô, estão ficando supimpas, e vão fazer bonito no carnaval.

15. NAGÔ VODUM

As obras de modernização da capital federal marcaram a entrada do Brasil na modernidade do século XX. E, assim, São Paulo e Rio Grande fizeram o mesmo; e a cidade da Bahia, a Mulata Velha dos capoeiristas e mestres de saveiro, também queria se civilizar.

J. J. Seabra, político antes de tudo, tinha sido ministro da Justiça do velho Rodrigues Alves. E agora, governador do seu estado, quer também afrancesar a capital baiana. Para seus urbanistas, a velha Igreja da Sé é um trambolho, um estrupício, um estorvo. Então, é preciso pô-la abaixo; ela, o mosteiro de São Bento e outros empecilhos ao progresso, como foi feito no Distrito Federal com o morro do Castelo. E, aí, sim, abrir avenidas, bulevares, praças, amplas calçadas... Como em Paris.

É nesse ambiente que Nozinho chega a Salvador, levando encomendas para pessoas importantes em dois pedaços diferentes do *bas-fond* soteropolitano: o dos babalorixás, ialorixás, equedes e iaôs; e o dos cafiolas, rufiões, proxenetas, quengas, biraias, decaídas e coisa e tal. E com a certeza de que vai encontrar Raquel, vitimada pela tal Zwi Migdal de que tanto se fala... E trazê-la de volta, para o seu amor e o seu aconchego.

Nesta Bahia, que agora se quer moderna e civilizada, o traje de *baiana* não é uma indumentária ritual, religiosa, como às vezes se pensa. Trata-se de roupa do dia a dia das trabalhadoras de cor e de algumas brancas pobres, constando basicamente de saia e blusa, em vez de vestido. E ser *mulher de saia*, como se diz por aqui, é ser mulher humilde, ganhando a vida como vendedora de gamela, de tabuleiro ou de balaio. Nas gamelas, as mulheres assim qualificadas levam ao comércio peixes, miúdos de boi, mingau... Nos tabuleiros, vão o acarajé, o acaçá, as cocadas, o cuscuz... Já nos balaios vão as verduras, as pimentas, as sementes da costa da África, como o obi, o orobô... Da mesma forma que vão nos bauzinhos de folha de flandres as miudezas de armarinho. Também as lavadeiras, engomadeiras e amas vestem o traje de baiana: saia, blusa e pano na cabeça.

Antes de o Nozinho ter me explicado, eu não sabia essas particularidades todas sobre a Bahia. Eu, infelizmente, nunca fui lá; mas me interesso por esses estudos, principalmente os publicados pelo velho Manuel Querino. Querino foi autor de livros importantes como *A raça africana e seus costumes*. E a lembrança dele me veio logo ao pensamento quando Nozinho me falou de sua estada na Bahia.

Num dos momentos dessa estada, eis o herói flanando pelas ruas e praças da cidade: pelo Corredor da Vitória, pelo Terreiro de Jesus, pela Baixa do Sapateiro, pelo largo do Pelourinho... Subindo e descendo as ladeiras, ele vai observando. Apesar do baixo conceito, as *mulheres de saia* têm atitude e disposição: cabeças sempre erguidas, elas demonstram moral elevada e coragem. Apesar de muitas vezes se traírem pelos palavrões e gestos exagerados ou obscenos, são orgulhosas. Mesmo as descalças, com as blusas espandongadas, cuspindo restos de axá, o *tabaco do cão*, brigando umas com as outras, dão sempre a impressão de guerreiras em luta contra a pobreza e as adversidades.

Nozinho segue em frente — é claro — pensando em Raquel. Mas... Não! Raquel jamais poderia estar num ambiente assim. Raquel — ele pensa —, se aqui estivesse, estaria é entre as mulheres que ele vê agora.

São *mulheres de saia* também, mas cheias de ouro, em pencas de balangandãs, cobertas de anéis, pulseiras, braceletes, correntes. Mulheres que ganharam tudo isso graças ao seu tino comercial, ou à proteção de algum ricaço apaixonado, de algum comendador lusitano. Essas são donas de quitandas abarrotadas de boas mercadorias, mulheres de *partido alto*, que se destacam nas procissões, com seus turbantes caprichosamente enlaçados, seus panos de seda, suas rendas trabalhadas. Exatamente como as descreveu minha comadre Hildegardes Vianna num daqueles seus livros maravilhosos sobre a sua Boa Terra.

Mas agora... Besteira, Nozinho! Raquel é carioca, branca, filha de gringo! Não tem a ver com nada disso! Acorda, rapaz! Acorda que a noite vem caindo. E cuidado! Pois agora você está entrando de verdade no baixo mundo soteropolitano. Cuidado! As placas indicam: Pelourinho, Maciel, Taboão. Aqui é que moram aquelas que os jornais chamam de mundanas, dulcineias, decaídas, mariposas, mulheres de vida airada... Mulheres de alcunhas assombrosas ou pelo menos curiosas, como Laura Cemitério, Izaura Avestruz ou Maria Três Pinotes. Algumas delas ou suas iguais fazem ponto também nas ruas mais transitadas da Cidade Alta e do distrito da Saúde, como rua Silva Jardim e adjacências, Baixa do Sapateiro, praça da Piedade, rua do Cabeça...

Sem nenhuma preocupação com o pudor, elas se exibem nas janelas das casas da rua do Liceu quando termina a sessão do cinema; ou praticam tantas obscenidades na rua Carlos Gomes, tanto de noite quanto de dia, que impedem as famílias ali residentes de chegarem à janela.

Uma noite dessas, uma tal de Marivalda foi vista confortavelmente sentada na janela de um prédio no Taboão, completamente nua, apreciando o luar. No Rio Vermelho, no carnaval, mais de trinta mulheres se fantasiaram com uniformes da Marinha de Guerra emprestados por marinheiros, causando grande escândalo. Em Água de Meninos, num outro dia, um advogado queixou-se à polícia de que, ao passar com sua família, deparou-se com um automóvel em cujo interior se passava uma cena licenciosa protagonizada por dois senhores e duas mundanas, como foi noticiado pelo *Correio da Bahia*.

Mas nem tudo é destempero e desrespeito na cidade das 365 igrejas. Na rua das Laranjeiras, por exemplo, no seu Casino Buenos Ayres, o casal de poloneses Mendel Malinovsky e Olga Bielecki faz desfilar artistas espanholas; e a francesa Giselle Moureau, proprietária, na mesma rua, do Dancing Internacional, apresenta igualmente espetáculos de altíssimo nível.

Nozinho pergunta à governanta se havia ou tinha havido alguma Raquel na casa; e recebe a resposta:

— Aqui, já teve sim. Inclusive mais de uma pequena chamada Raquel. Teve uma que veio pra cá fugida de um tio que criava ela, depois que esse tio abusou dela. Ela estava grávida e conseguiu fugir com a ajuda de um capitão de um navio que a quis como amante e ela aceitou. É uma história muito embolada. O capitão foi a Buenos Aires e na volta pegou ela pra trazer. Mas ela já tinha tido o filho, que disse que era dele. O capitão achou estranho, mas trouxe ela e o neném até a Bahia. Chegando aqui, ela roubou tudo o que era do capitão e fugiu. E um dia reapareceu, com o bichinho, que era uma menina, ficou uns tempos e foi embora. Era meio maluca, desarvorada, e não se enquadrou na disciplina da casa. E ainda mais com uma criança de colo. Essa foi a Raquel de quem eu me lembro, aqui. Mas teve outra. Mulher da vida com esse nome tem muitas...

O fato é que, em cada rosto de mulher, Nozinho procura a sua Raquel, sem encontrar. E em cada rosto negro, de homem ou mulher, o que ele encontra, mesmo, e finge não ver, é a forte repressão que recai sobre o seu povo, disfarçada num clima de alegria festiva e paternalismo falso. E é com essa amarga constatação que ele chega ao Engenho Velho de Brotas, a oeste do Dique do Tororó.

Naquele momento, entre os muitos líderes religiosos que exerciam, com maior ou menor influência comunitária, papéis importantes nos candomblés da Bahia, dois se destacavam de maneira indiscutível: o babalaô Domiciano dos Reis e a ialorixá Indalécia dos Anjos, a Iyá Dalé ou Mãe

Dalé, do Centro Cruz Santa do Ilê Axé de Aganju. Suas personalidades iam muito além do ambiente dos terreiros, impondo-se inclusive no seio da classe dominante.

Domiciano e Mãe Dalé são nomes reconhecidos em todos os terreiros da Bahia, por seu poder, seu conhecimento, seu imenso prestígio. Admirados como detentores legítimos do saber religioso — dos fundamentos, como se diz na linguagem dos terreiros —, eles são, ainda, dotados de uma aura carismática emanada de suas personalidades poderosas, plenas de sabedoria e de mistério. Por isso, muitos pesquisadores procuram conhecer e entrevistar o sábio babalaô e a famosa ialorixá.

— O babalaô é o braço direito da ialorixá.

Nozinho ouve, atento, a explicação da veneranda sacerdotisa:

— Só ele é dotado de conhecimento, saber e autoridade para consultar o oráculo Ifá e interpretar as respostas dadas por Orumilá. E Ifá é o centro de onde se irradiam todos os fundamentos da nossa seita. Os rituais, as oferendas, os sacrifícios, as cerimônias de limpeza, de propiciação e proteção... Nada se faz sem que Ifá autorize e oriente. Inclusive as cores dos orixás, suas predileções e seus tabus, tudo vem de Ifá, que é o oráculo presidido por Orumilá.

O carioca presta muita atenção. E Domiciano, percebendo seu interesse, descontrai a conversa:

— Todo mundo pensa que, só porque eu jogo o opelê, eu tenho dinheiro. Que nada, moço! Rico é Martiniano, é Benzinho. Esses é que atendem os doutores, os políticos, os governadores...

Domiciano, apesar de modesto e brincalhão, é um dos grandes. Graças aos seus conhecimentos é que os cientistas da Faculdade de Medicina estão desenvolvendo seus estudos sobre os africanos na Bahia e no Brasil.

Nozinho entrega a ele e a Mãe Dalé a carta e a encomenda lacrada, que trouxe do Rio de Janeiro. E não resiste ao pedido de uma orientação do oráculo para o motivo de sua aflição. E o faz realmente muito emocionado.

O velho babalaô olha firme nos seus olhos, pega suas mãos e fala:

— O que já se sabe não se pergunta, meu filho. E você sabe onde a sua felicidade está. E sabe que, no fim dessa caminhada, ela vai estar lá te esperando.

Nesse momento, a Bahia ainda tem diversos filhos de africanos que aprenderam a ler e escrever em iorubá. Domiciano dos Reis é um deles. E nosso herói, além de sua paixão por Raquel, tem outra ideia fixa, que é sua obsessão por línguas estrangeiras. Então, percebendo a fluência dos conhecimentos de Seu Domiciano na língua dos iorubás, pede a ele algumas noções do idioma.

O babalaô se impressiona com o interesse e a facilidade do rapaz. E, dia a dia, vai lhe ensinando as palavras, as acentuações, as concordâncias, a formação de frases; e principalmente as diferenças entre aquelas palavras que parecem iguais:

— *Ilê* é casa, *ilé* é terra, país... *Iá* é mãe; *ia* é sofrimento, punição... É tudo como aquela coisa do português: "sábia, sabia, sabiá"... Parece igual, mas é muito diferente, não é?

Da mesma forma há também outros baianos — filhos de africanos — que foram ao Daomé aprender os fundamentos dos jejes, vizinhos, mas adversários, dos iorubás ou nagôs. E é a um sábio dessa procedência que Nozinho vai também levar uma encomenda de Mãe Mocinha, que permanece no Rio de Janeiro.

Chama-se Marcelino. Mas é conhecido como Atakungúé, nome que na língua de sua origem denomina uma espécie de pimenta. Como de fato apimentado ele é. Nascido no Brasil, ainda sob a escravidão, de pais que haviam comprado a própria liberdade, foi enviado, mais ou menos aos 14 anos, à cidade daomeana de Uidá, e lá estudou as tradições dos seus antepassados, além de aprender francês numa escola de missionários. Depois de algum tempo, voltou à Bahia, onde sua inteligência, sua perspicácia, sua personalidade dominadora e seus conhecimentos místicos foram reconhecidos e o conduziram rapidamente à fama entre os adeptos da seita, na rama conhecida como jeje.

Tio Atakungúé tem alta estatura, corpo robusto, barriga acentuada pelo gosto das comidas e das bebidas de sua terra. Sobre isso, ele costuma dizer:

— Com uma quarta de farinha, uma libra de carne verde, que depois de meio-dia a gente chama de carne virada, mais cebola, tomate, limão e coentro, e uma garrafa de vinho Figueira, a gente faz uma festa.

A cabeça totalmente raspada, onde, de tempos em tempos, se vê a marca de uma calva bastante pronunciada, sem bigode nem barba, mas com costeletas de pelo crespo, duro e grisalho, descendo uns três dedos abaixo das orelhas, o velho Atakungúé é uma figura curiosa. Tem perto de 80 anos, mas gosta de dizer que sua idade é de mais de 200. E tenta validar essa sua inacreditável longevidade com a narração de fatos que, mentirosamente, diz ter presenciado:

— Nós começou mesmo a vir em peso pra cá foi em 1698. Nesse ano, eu era menino, mas me recordo: a cavalaria do Reino de Oyó invadiu Aradá, que era a nossa capital. Trinta anos depois, veio tudo de novo. E aí muitos dos nossos, inclusive eu, veio embarcado à força pra Cuba e pro Brasil.

— O senhor se lembra mesmo disso, Tio?

— Lembro perfeitamente, inclusive da dificuldade que era pra gente falar um com outro. Nós era tudo jeje, mas tinha gente que falava marrim, outro falava aguê, outros agunã, outros ruedá... Pra mim e meus camaradas era mais fácil porque nós falava fon, que é a língua principal, de onde vieram os dialetos.

— Então, o senhor não fala iorubá?

— Iorubá é a língua deles lá, do povo de Oyó. Eu falo fon, que eles chama de jeje, pra dizer que nós é estrangeiro. E nós chama eles de nagô, *anagonu*, porque eles são gente de Sakpatá... Deixa pra lá. Deixa eu fechar minha boca pro cachimbo não cair, né mesmo? Quando a gente fala muito, a boca fica mole.

— Mas... É muito diferente o jeje pro nagô?

— Ah... É muito diferente, mas muito mesmo. Quer ver? No corpo da gente... — e o velho vai falando e indicando as partes do corpo com gestos sacanas — nagô diz *ori* — bate na cabeça — e jeje diz *utá*... Eles diz *oju* — mostra os olhos —, nós diz *nucum*... Eles fala *imu* — mostra o nariz —, nós diz *aontin*. *Nós diz nu* — mostra a boca —, eles diz *enu*...

— O senhor sabe bastante dessa língua.

Tio Atakungúé é histriônico e se animou bastante com a cachaça que Nozinho lhe trouxe de presente. Então, se levanta e, rindo muito, passa a enunciar as partes baixas do corpo, com gestos picarescos, meio obscenos, mas bastante engraçados.

— Aqui, ó: eles diz *errin*, nós diz *dodô*... — mostra. — Eles diz *iô-idi*; nós fala *migô*... — aponta. Eles, *ocô*, nos diz *dõ*... Aqui, ó! — pega, por cima das calças, o conjunto de seus órgãos reprodutores e, debochado, sacode.

Nozinho se esbalda de tanto rir. Finalmente, no seu vale de lágrimas, um momento engraçado, muito engraçado, proporcionado pelo Tio Atakungúé, um velho sábio realmente apimentado.

Os mais antigos, como ele, dizem que o candomblé da Bahia começou mesmo foi com os jejes, misturados com o povo do Congo e de Angola. Tanto que, no século passado, quando os jornais noticiavam a repressão policial às seitas africanas na Bahia, eles falavam de voduns e não de orixás. E essas palavras têm o mesmo significado. Só que uma é fon, jeje; e a outra é nagô ou iorubá.

Eu não sabia nada disso, mesmo porque sempre fui católico apostólico romano. Mas acabei aprendendo também, por conta dessa ideia de querer escrever um livro sobre a vida desse personagem. Porque esse camarada era mesmo das Arábias. Vocês já viram? Um moleque da Praça Onze que aprende a falar iídiche, depois aprende árabe, francês... Até línguas da Etiópia esse malandro aprendeu. Tinha mesmo dom pra coisa. Da mesma forma que teve a sina de sofrer por amor. E como sofreu!

Os momentos de aprendizado e divertimento em Cachoeira duram pouco. Ainda no terreiro de Tio Atakungúé, Nozinho, retirando-se para dormir, deita e tem um sonho mau, um pesadelo daqueles.

Sonha que, em sua busca por Raquel, é informado de que ela está presa no alto da Providência, na perigosa Favela, e vai lá resgatá-la, numa madrugada de forte temporal. Sobe pela Pedra Lisa, se escorando na rocha, cortando valas e vielas tomadas por lama e detritos, subindo, subindo, atolando os pés em buraco após buraco. Tudo muito escuro, ele se guia pelo pio compassado e horripilante de corujas agourentas, pelo grunhido de porcos que se refestelam na lama e por um longínquo e fúnebre batuque vindo lá de cima. De repente, cresce à frente do trágico Nozinho um grupo de pessoas, velhos e velhas, inteiramente vestidas de preto, os homens de cartola e fraque, as mulheres de vestidos longos e véus cobrindo os rostos, macilentos como os dos cadáveres. O infeliz amante pergunta-lhes pela amada Raquel; e um deles, sem fitá-lo, lhe responde, numa língua estranha, certamente morta, que estavam vindo do Cemitério dos Ingleses, aonde tinham ido sepultar uma Rachel. Mas era Raquel com "ch", como o sonhador percebe; então não era ela. As corujas gargalham, mas Nozinho continua subindo, roto, ensopado, esfarrapado, até que chega ao largo da Capela, o ponto mais alto do morro da Providência, agora um misto de Mangueira, Salgueiro e São Carlos. De lá, apesar da grossa chuva que continua caindo, ele vê a cidade inteira: os navios na baía, pequenininhos; os trens manobrando no pátio da estação Dom Pedo II, como trenzinhos de brinquedo; um lúgubre piquenique na Quinta da Boa Vista; um inimaginável gol do Vasco da Gama, seu time, num enorme estádio de futebol que ainda não existia. Até que lhe surge um monstro.

É um preto descomunal, horrendo, gigantesco, vestido apenas com uma capa vermelha; e que equilibra na cabeça monstruosa nada menos que os sete reluzentes símbolos de seu poder. É o Sete Coroas, o legendário facínora que domina a Favela.

Diante dele, Nozinho se vê entoando um cântico lamentoso que ameniza as torturas das almas penadas, escravas do poder maligno, que tentam abraçá-lo. O herói as rechaça, mas seu canto arranca lágrimas também do monstro, que reina absoluto sobre aquelas paragens de pesadelo. Nozinho consegue afastá-lo também. E ele, então, consente que o herói apaixonado atravesse os nove umbrais do inferno para buscar Raquel, impondo, entretanto, uma condição: que o herói Nozinho jamais olhe para trás.

Assim é feito. Mas, resgatando Raquel e guiando-a no caminho de volta, de repente o herói sente falta da amada e se volta para apanhá-la. Então, a pobre moça se transmuta novamente no espectro em que o monstro a transformara, lança um último grito e mergulha no precipício da pedreira de São Diogo.

Nozinho, impedido de salvar a amada, se desespera, deixando-se ficar à beira de um lago sulfuroso, fétido, convertendo-se num ser devorado por sua total impotência. Nisto, as nove almas penadas tentam seduzi-lo, mas ele de novo as repele. Elas, então, cansadas de serem menosprezadas, cortam-lhe o corpo em pedaços e o atiram no lago, que sua mente ainda viva percebe ser nada menos que o canal do Mangue. Eis que, então, outras nove almas, agora benfazejas, se compadecem do herói, juntam seus fragmentos, recompõem o corpo e o levam a sepultar lá embaixo, no jardim, onde finalmente Nozinho se reúne a Raquel. E onde as almas assassinas, punidas por Sete Coroas, são por ele multiplicadas e transformadas para sempre nas cinzentas, inacessíveis e enigmáticas palmeiras da Praça Onze.

Sonho terrível. Quando Nozinho me contou, eu achei a história meio parecida com a lenda grega de Orfeu e Eurídice. Mas deixei pra lá. Alucinação de apaixonado!

Eu tinha mais com que me ocupar. Porque, na mesma noite em que esse sonho terrível foi sonhado ou não, no céu da noite carioca começava a brilhar uma estrela nova: "Milu Boneca", agora definitiva e vitoriosamente... Milu Mendonça!

Mecenato confirma que Zeca Patrocínio quer tê-la como estrela de uma nova revista, que já está sendo ensaiada, e tem por tema a Bahia de São Salvador. Ou seja: a mesma Bahia onde o Nozinho da Praça Onze acordou de seu terrível pesadelo muito assustado.

Faço questão de frisar que estou contando a história conforme ouvi do próprio Nozinho. E acrescento que, segundo ele, mesmo acordado, o pesadelo continuou: Tio Atakungúé veio lhe dizer que os jornais estavam anunciando a descoberta de Salvador na rota do tráfico internacional de escravas brancas; que vários indivíduos estavam proibidos de desembarcar no porto; que a polícia já tinha prendido três bandidos russos e estava à cata de um outro, de cor, um malandro do Rio de Janeiro que falava a língua dos gringos e era conhecido como Nozinho.

16. A COLUNA

Perseguido pela polícia, Nozinho é alvejado; mas as balas estranhamente não o atingem, o que espanta os perseguidores. Escapando ileso, o *malandro do corpo fechado*, como os meganhas a ele se referem, embrenha-se no sertão baiano, descendo o rio Paraguaçu. Passa por João Amaro... Tamburi... Juraci... Barra da Estiva... Até que chega a uma cidade da qual o bando de Lampião acaba de sair.

Não se fala em outra coisa. O dono de uma venda, onde Nozinho entra, morto de fome e sede, para comer e beber qualquer coisa, fala muito mal de Lampião, mas elogia uma mulher que está com ele, pela educação e pela beleza. É uma mulher branca, parecendo gringa. O obcecado acha que pode ser Raquel... Mas segue em frente.

Em todos os lugares por onde passa, ouve relatos, muitas vezes anacrônicos e incoerentes, sobre o banditismo que assola o sertão. E também sobre certo batalhão itinerante de militares, que dizem querer fazer uma revolução para mudar o país.

— É tudo rapaz formado, branco, de boa família. O jornal não diz que é bando: diz que é coluna, comuna, sei lá. E o chefe é um moço tenente chamado Carlos Préstito, Préstimo... Um nome assim.

O velho sertanejo fala com desprezo, entre um gole de pinga, uma pitada no cigarro de palha e uma cuspinhada no chão de terra batida. Porque ele sabe que derrubar o governo, moralizar as eleições, implantar o voto secreto, o ensino fundamental obrigatório, cortar as asas dos coronéis, mudar o país... Só no Dia de São Nunca à tarde, como diz.

Mas Nozinho se interessa pela aventura. Quem sabe se, engajando-se na Coluna, percorrendo o sertão e as cidades, ele não acabe chegando aonde está Raquel? E o grupo deve estar precisando de gente como ele. Então, vai em frente, a pé, de carroça, de canoa...

Em Feira de Santana, o louco apaixonado fica sabendo de pelo menos uma mulher que faz parte da Coluna:

— É uma dona muito bonita, muito branca, de cabelo vermelho comprido. Tem tipo mesmo de mulher de judeu: chamam ela de Rute, ou Rebeca, ou Raquel, parece... E o que me despertou mais a atenção é que ela usa um cordão com o signo-salomão, grande assim, caído no meio dos peitos. E os enfeites da farda dela são tudo de "sino-salomão" também, ou estrela de Davi, como também se diz. Tenho certeza que ela é traçada com judeu. Tem aqueles olhão assim claro, feito uma feiticeira. E fala carregada nos "erres", como sotaque de galego gaúcho.

Impulsionado pela descrição do sertanejo, Nozinho chispa em frente, até que encontra o acampamento. Então, pede informações e é encaminhado a um tenente jovem e bem-apessoado que o olha de cima a abaixo, num exame meticuloso.

— Quais são suas aptidões, rapaz?

— Bem... Eu sou músico. Mas falo algumas línguas...

— Ah... músico? Você tem jeito de quem batuca bem um tambor, não é? Mas o nosso caso aqui não é batucada não, moreno.

— Eu falo iídiche...

— Iídiche? É um dialeto africano?

— É uma espécie de alemão, tenente. E falo um pouco de francês também.

— Escuta aqui, garoto: nós estamos organizando uma revolução, pra acabar com a miséria e a injustiça social no Brasil. Já percorremos mais de 20 mil quilômetros pelo interior do território brasileiro. Já temos um efetivo de mais de 1.400 homens, entre militares e civis. Mas nós recrutamos é gente preparada, com disposição e principalmente com estudo, com capacidade. Pra cozinha, limpeza, arrumação, levar mensagens... Isto tudo nós já temos. Não me leve a mal.

Nesse momento, a Coluna Prestes já dava sinais de enfraquecimento e, depois de chegar ao Nordeste, descia na direção do Centro-Oeste. Uma das causas do baixo moral da tropa, e que se tornara uma das preocupações dos líderes, era o que eles chamavam de divisionismo. E o governo Bernardes estimulava esse divisionismo, divulgando em sua imprensa que a Coluna usava os pretos como massa de manobra, ocupando-os apenas em atividades subalternas.

As acusações de racismo que pesavam sobre o movimento colocavam em xeque o pensamento político que o motivava. Embora as teorias de Karl Marx e Friedrich Engels não fossem publicamente assumidas pelas lideranças, sabia-se que pelo menos o Prestes, um tenente baixinho, simpatizava com elas. E isso foi, inclusive, discutido no Senado da República, já instalado no luxuoso Palácio Monroe, após as comemorações do Centenário da Independência.

— É bastante lógico que os bolchevistas brasileiros, com seu simpático partido recém-organizado, não se sintam à vontade com a presença de pretos em seu meio, Excelência. — A invectiva é de um político governista. — Afinal, todos sabemos que os falecidos Marx e seu amiguinho Engels não eram portugueses.

A ironia da observação incomoda a bancada da oposição.

— Vossa Excelência está por acaso querendo insinuar que os pais do socialismo moderno eram racistas?

— Não chego a tanto, nobre colega... — O senador Mello Rego continua acicatando. — Mas, se fossem, não seria ilógico, antinatural ou incomum. No século passado, que muitos ainda temos em nossas cozinhas, ser africano e principalmente africano negro não era mérito para ninguém. Todo mundo pensava assim. E Marx e Engels, como cientistas do século XIX, pensavam como todos do seu tempo.

O senador Correa de Sá, que é da bancada liberal, não se deixa levar.

— Discordo, nobre senador! Charles Darwin também era europeu, cientista e um homem do século XIX. E no entanto indignava-se com a escravidão africana e se manifestou de forma veemente contra ela.

— Mas Karl Marx justificou a escravidão. — O conservador fala sorrindo, deliciando-se com o que vai dizer. E diz: — Karl Marx aplaudiu a invasão do norte da África pela França. E Engels dizia que os negros pensavam como crianças.

O que o senador governista verbalizou tinha um quê de verdadeiro. Só que ele parece ter confundido Engels com Hegel. Porque Hegel — igualmente Friedrich, Frederico —, como eu aprendi na Faculdade de Direito, foi também filósofo, também alemão, mas foi anterior a Marx & Engels, essa dupla da fuzarca. Foi ele que disse que a condição existencial de um negro se compara à de uma criança; porque, segundo seu entendimento, a África seria a terra da *infância da história*. Na sua filosofia, Hegel difundiu a ideia de que o ser humano negro não tem condição de pensar de modo abstrato, por isso não tem, por exemplo, a ideia de Deus como um Ser Superior. Entretanto, mais tarde, acabou compreendendo que a coisa não é bem assim. No sertão baiano, porém, onde o deixamos ainda há pouco, o nosso amigo continuava sendo avaliado segundo as leis hegelianas.

Engajado na Coluna, como cozinheiro e tradutor dos telegramas e cabogramas de incentivo que chegavam da Europa a todo momento, Nozinho suspeitava estar sendo vítima de racismo, fruto amargo cujo gosto acabou provando; e isto quando um comandante incumbiu-o de fazer chegar a um jornal de Feira de Santana, num envelope lacrado, esta nota:

Nosso Movimento não pode ser acusado de praticar essa forma desumana de convivência social. Uma prova disso está nas palavras iniciais do nosso Programa de Ação, as quais expressam o fato de que nós atuamos, em todo o território nacional, para manter o equilíbrio entre os interesses de todos os brasileiros. Não temos pretos ou mulatos em nossos quadros dirigentes porque sabemos que eles ainda não têm capacidade e discernimento para tanto. Além disso, sabemos que a classe de cor no Brasil não tem pretensão de ser governo, nem de governar ninguém; que só deseja — e tem direito indiscutível — é que se governe bem não só a ela em particular como ao país em geral, do qual ela faz parte, porque o país é tão seu como de todos os brasileiros. Acrescentamos que nós só aspiramos a que, no seio da República, todos vivamos contentes e felizes, sem pretensões espúrias, sem ódios nem rancores.

Bom Jesus da Lapa, 27 de novembro.
O Comando da Coluna

Nozinho violou o envelope, leu a nota, pensou um pouco, e rasgou o papel bem rasgadinho. Feito isso, juntou seus poucos pertencentes e rumou pra beira do São Francisco.

Num dos portos locais, embarcou num gaiola, no qual chegou até Petrolina; de onde atingiu Juazeiro, de onde — não sei como, pois ele não me contou — conseguiu chegar de novo a Salvador. De lá, sempre se comunicando em inglês, francês e iídiche, acabou conseguindo chegar a São Paulo. Quase ao mesmo tempo que a Coluna começava a se desmanchar em Mato Grosso; o tenente Luiz Carlos Prestes ia estudar marxismo na Bolívia; e, no Rio de Janeiro, a carreira de Milu Mendonça ia de vento em popa.

Vinham de Paris esses ventos. Embora a trajetória de Mecenato no carnaval tivesse dado em água de barrela.

A *Rapsódia* do Itaúna, apesar da bela marcha de Luiz Torrozu, não teve uma orquestra à altura; e acabou sendo vista como uma picaretagem, uma cavação disfarçada de homenagem. O rancho se diluiu em plena apresentação, aturdido pelo drama da porta-estandarte. Em adiantado estado de gravidez e sem ter substituta, ela aceitou o sacrifício e foi para a Praça Onze assim mesmo, empunhando o pavilhão quase se arrastando. E aí aconteceu: quase em frente ao palanque da comissão julgadora, Dulcineia — esse era o seu nome — caiu no chão. Socorrida por populares, ali mesmo deu à luz um robusto menino, o que acabou por se tornar o maior acontecimento daquele carnaval, celebrado nos jornais da quarta-feira.

Mas, para consolo de Mecenato, o fantástico Zeca Patrocínio está de volta de mais uma estada em Paris. Embora, desta feita, em vez do escândalo e da espetaculosidade habituais, venha *doente e desiludido com a traição de Mata Hari*, segundo apregoa Mecenato, ele ainda tem ideias. Então, a saída é mesmo o teatro, pra levantar o moral e defender uns cobres. E, para tanto, Zeca transmite a Mecenato, agora guindado à condição de secretário, seu propósito de encenar uma revista que tem em mente há muito tempo; e que já começou a escrever.

Chama-se *As sete velas da Bahia* e tem como motivo o amor de um crioulo mestre de saveiro pela filha de um judeu dono de um armarinho na Baixa do Sapateiro. O enredo é simplesinho: o pai da moça descobre o romance e manda a filha para a casa de parentes no Rio de Janeiro;

e o crioulo saveirista sai pelo mar adentro. Mas no final os dois se reencontram numa terça-feira de carnaval.

Enredo bobo, mas dá margem a mostrar muita coisa bonita: o casario da cidade, as igrejas, o samba de roda, a capoeira, as vendedoras de acarajé, as macumbas... A Bahia, enfim.

Mecenato vê aí a possibilidade de lançar Milu Mendonça à consagração definitiva. E a leva até seu ídolo e agora chefe:

— Mas ela é mulatinha, Seu Mecenato. Não pode ser a filha do judeu.

O secretário defende sua ideia com unhas (longas) e dentes (desfalcados):

— Com pó de arroz, ruge e batom a gente resolve isso, Seu Zeca. E uma cabeleira postiça caprichada...

Patrocínio corrige, afetado:

— *En français on dit "perruque", monsieur.* Vem do italiano, que é a língua do teatro. E no Brasil já se diz "peruca" há muito tempo, sabia?

Na semana seguinte, pronto o texto, começam os ensaios. O diretor Antônio Pilar passa maus momentos. Zeca, sentado na primeira fila, está uma pilha de nervos. Totalmente descontrolado e rezingando sem parar, atazana a paciência de Mecenato e ameaça as coristas. Chega ao ponto de puxar o Smith & Wesson que sempre traz na cintura:

— Acerta essa porra desse passo senão eu meto bala no teu joelho, sua putinha descarada!

Felizmente, a revista estreia logo depois do carnaval e faz sucesso. Os jornais saúdam principalmente a talentosa Milu.

"Nasce uma estrela", estampa com muito entusiasmo a exigente *Gazeta de Notícias*, certamente ignorando que a filha do judeu é uma mulatinha do Catumbi. Porque, quase ao mesmo tempo, estreando no Teatro São José, na revista *Pirão de areia*, a versátil Rosa Negra, à frente de um grupo de *black girls* egressas da Companhia Negra de Revistas, é achincalhada pela crítica de *O Globo*, que, simulando engano, a chama de *Branca das Neves*.

Dali a pouco, então, Milu Mendonça já está no Teatro Recreio Dramático, percebendo um ordenado de 1 conto e 500 mil-réis. De onde chega até São Paulo.

17. PERVERSA

Desde o fim do século passado, Porto Alegre era efetivamente, além de capital, o cartão de visitas do Rio Grande. E, para confirmar essa impressão, o governo municipal, juntamente com o estadual, levou à frente um importante programa de obras e urbanização. O intendente municipal, escolhido pelo governador Borges de Medeiros, era o engenheiro José Montaury, que trabalhava com o propósito declarado de ter uma administração às claras, que minorasse o sofrimento dos pobres e refreasse a ganância dos especuladores. A partir daí, serviços essenciais como fornecimento de água e luz, saneamento, transporte, educação, segurança e assistência social ficaram sob a responsabilidade da Intendência Municipal. Então, o Plano Geral de Melhoramentos fez nascer na cidade belas construções públicas de caráter monumental, as quais, principalmente por influência da comunidade alemã, inspiraram também a construção de belos palacetes, renovando a paisagem urbana.

Foi aí que, inclusive com a ampliação do porto, se edificaram luxuosos prédios, como o do Paço Municipal, da Biblioteca Pública, dos Correios e Telégrafos e o da Delegacia Fiscal. A essa evolução urbanística, com novo arruamento e novas praças, somavam-se novas ondas de imigrantes, que incluíam, entre outros grupos, contingentes de espanhóis, italianos e platinos, além de judeus — estes habitando sobretudo o bairro do Bom Fim. Mas a cidade tinha também um clima político efervescente, com participação ativa dos intelectuais de cor.

E assim tinha sido também, poucos anos antes, no Distrito Federal, quando o político Monteiro Lopes incluiu em sua plataforma eleitoral o projeto de criação de uma legislação trabalhista para o Brasil. Eleito deputado, Lopes foi impedido de receber seu diploma por causa da cor da sua pele, o que motivou forte reação por parte dos militantes gaúchos.

A notícia circulou por todo o país, mas foi a campanha liderada pelos intelectuais de Porto Alegre que conseguiu efetivar a diplomação. Tanto que, depois de empossado, Monteiro Lopes foi à capital gaúcha, sendo recebido com uma grande festa no clube Floresta Aurora, a mais antiga agremiação do povo de cor no Brasil, existente desde 1872.

Nozinho não sabe disso. Mas, da amurada do navio, contempla a cidade, que lhe recorda um pouco São Salvador da Bahia, talvez pela visão de uma parte baixa e outra alta, embora não tão distintas. No cais, com o navio já atracado, ele pega a mala e, consultando um arremedo de mapa, rabiscado a lápis numa folha de papel, organiza mentalmente o possível roteiro.

A informação recebida era tida como segura: Raquel Fridman mora e trabalha em Porto Alegre. Então, Nozinho desembarca na cidade, onde, mal chegado, toma o rumo da zona boêmia, do centro das diversões noturnas.

Esquadrinha a rua Nova, a da Cadeia, a Cabo Rocha... Percorre uma galeria de heróis antigos e recentes: Júlio de Castilhos, Benjamin Constant, Pantaleão Teles, Voluntários da Pátria... E, durante uma semana, faz a ronda dos cafés e cabarés.

Na rua Nova, Caçadores, Boêmios, Moulin Rouge... Todos frequentados por grandes figuras do comércio, da política, da alta sociedade, enfim; e cujos atrativos são belas mulheres, muitas delas argentinas e francesas. Na estrada Praia de Belas, Nozinho conhece o Trianon. Mas o ambiente é hostil, pois a casa é frequentada principalmente por marítimos e embarcadiços mal-encarados. No Cotillon Club, na rua da Praia, ele se admira com o porteiro retinto, sorridente, vestindo farda cinza com alamares e botões vermelhos, quepe também cinza e luvas brancas. *Parece um lacaio*, pensa, num muxoxo involuntário. Mas resolve entrar.

A surpresa é o conjunto orquestral formado por nove excelentes músicos de cor, impecavelmente uniformizados. Num dos intervalos da música, parabeniza o chefe da orquestra, com quem entabula uma conversa interessante. Chama-se Marino dos Santos, o maestro, também saxofonista. Que o apresenta a um visitante ilustre, o trombonista Max Scliar, de folga aquela noite na casa onde trabalha.

A presença do carioca é muito bem-vinda. Sobretudo por ser ele conhecedor do meio artístico da capital federal.

Nozinho fala de sua proximidade com instrumentistas como Pixinguinha, Candinho Silva, Malaquias, Patápio... E isto entusiasma os gaúchos. Que veem na nova amizade possibilidades, quem sabe, de ir tentar a vida artística no Rio de Janeiro. Nozinho conta a eles que, embora amador, também é músico, *se é que ritmista pode ser considerado assim*, minimiza. Então, numa outra noite, apresentado ao baterista Camufla, é convidado por este a acompanhar uma sequência da orquestra. E não decepciona. Segue-se a música; e, no momento oportuno, Nozinho revela a Marino e Scliar o motivo de sua estada em Porto Alegre; e os novos amigos dispõem-se a ajudá-lo a encontrar a amada.

Na quarta ou quinta noite de ronda e peregrinação, o carioca, sentado a uma mesa de canto do Cotillon, ouve, embevecido, o solo de Marino num fox-blue acachapante, que ele depois descobre intitular-se "Stardust" e ser da autoria de um jovem músico americano chamado Hoagy Carmichael. Inebriado, Nozinho olha os pares rodopiando no salão e de repente vê.

Vestido de lamê sem mangas e sem cintura, saia apenas um pouco abaixo dos joelhos, cabelos curtos *à la garçonne*, ela rodopia, a cabeça repousada no ombro do velho que a enlaça, nos passos lentos do fox. Nozinho levanta-se enlouquecido. Corre até o meio do salão, tenta separar o casal. O cavalheiro, um homem com idade para ser pai da moça, abre o paletó e tira da cintura um revólver. A mulher, atônita, tenta se livrar das mãos do desconhecido. O leão de chácara, um charrua monstruoso, rápido, imobiliza Nozinho numa gravata e o arrasta como um fardo até a porta, onde o atira no olho da rua com a rebarbativa e humilhante admoestação:

— Não sabe beber, bebe mijo, negro safado!

Isso tudo eu soube depois. Mas quando explodiu a notícia de que o cadáver aparecera em pleno centro do Rio, na esquina da rua do Acre com a avenida Rio Branco, eu também me abalei.

Apesar do rosto desfigurado, ele é logo identificado como o legendário Nozinho da Praça Onze. A notícia da morte se espalha, com alguns detalhes controversos: teria sido morto de emboscada. E as hipóteses para o motivo do crime são três: a) vingança de um pai, em razão de o malandro ter feito mal à sua filha; b) queima de arquivo cometida pela Zwi Migdal, que tinha Nozinho como alcaguete da polícia; c) crime passional. Segundo uma vizinha não identificada, o morto ia conhecer a filha, com quem tinha marcado um encontro na casa da mãe de criação da menina.

A realidade é que o crime mexeu com toda a Praça Onze. E, na confusão das informações desencontradas, dias depois chegava ao meu escritório uma visita nem um pouco desejável.

Era conhecido como Turco, só isso. Andava ali pelos 70 e poucos anos e era *persona non grata* da rua de Santana à Machado Coelho; da rua do Areal à General Pedra. Sua caudalosa e pestilenta fama de agiota impiedoso, senhorio de aluguéis escorchantes, subia os morros da Providência, da Saúde, da Conceição, e desaguava, fétida, nas águas da baía.

Recebi a figura com a pulga atrás da orelha, com um olho no padre e outro na missa:

— Pois não, cavalheiro... O que o senhor deseja?

— É sobre a morte do Nozinho, doutor.
— O senhor sabe alguma coisa sobre o crime?
— O que eu sei é o que estão dizendo por aí.
— Ele deixou alguma dívida com o senhor?
— Bom... Dívida, mesmo, não deixou, né? Mas eu vim aqui por causa de um negócio que eu tinha com ele.

O Turco, conforme diziam, era um apátrida. Essa condição é apenas um acidente no campo do direito internacional. Designa aquela pessoa que perdeu a nacionalidade, às vezes até por excesso ou confusão entre duas delas. Mas, na mente do povo, esse termo "apátrida" sempre qualificou ou desqualificou coisa braba, sendo meio sinônimo de pirata, contrabandista, mercenário, criminoso de guerra, bandido internacional, transitando entre vários mundos. E o personagem em questão, embora apenas de caráter duvidoso, no fundo era só um imigrante perdido entre duas ou três origens. Mas que era mão de porco, usurário, sovina, zura, disso ninguém tinha dúvida. Daí minha desconfiança. Mas logo ele disse o que queria:

— É que a finada mãe do Nozinho foi minha empregada... E, como ele morreu, eu acho que tenho direito a alguma coisinha...

— Hã?!

— O único herdeiro dele sou eu... Porque ele era meu filho.

Filho da puta! Nozinho nunca teve pai. A certidão de nascimento dele, de que eu até hoje tenho uma cópia nos meus arquivos, registra essa vergonhosa ausência. E, se essa circunstância biológica fosse mesmo verdadeira, aquele sem-vergonha, o descarado daquele turco, mesmo velho e corcunda, arrastando os pés pelas ruas da Praça Onze, tinha conseguido acrescentar mais um dado à sua ignominiosa trajetória. Constatando isso, não tive alternativa. Abri a gaveta da escrivaninha, saquei a pistola, engatilhei e expulsei o salafrário do meu escritório:

— Fora daqui, seu canalha! Fora, antes que eu te arrebente os miolos. Quer reivindicar herança? Então, vai na Vara de Órfãos, seu extrato de pó de merda! Mas, antes, passa na Vara de Família, pra reconhecer o filho! Ou na Vara Criminal, pra ser processado pelo abandono do infeliz. Turco escroto!

Naquele momento, entretanto, Nozinho estava, mesmo, era em Porto Alegre, em busca da amada. Sabia que ela morava na cidade, mas não tinha noção das condições e do estado de espírito em que se encontrava.

Raquel, pelo que eu soube depois, tinha ido para a casa do tio, um homem tão rico quanto bondoso e tolerante, o qual, por reconhecer nela uma pessoa digna, apenas vítima de um mau passo, de um erro juvenil, acreditava nos seus propósitos de viver sobriamente, dentro dos preceitos da Lei de Moisés. E foi sem saber disso que ele, de posse do endereço, chegou ao bairro do Bom Fim.

O coração da capital gaúcha era formado pela Praça Senador Florêncio, pela rua das Flores e pela Praça da Harmonia — onde aos domingos a alta sociedade se reunia para brincar no rinque de patinação ao som da Banda Municipal e até mesmo de orquestras criadas e reunidas em torno do Centro Musical Porto-Alegrense e da Sociedade de Concertos Sinfônicos, recém-criados.

Também por essa época, os primeiros membros da comunidade judaica começaram a se instalar ao longo da avenida Bom Fim, que acabara de ser aberta. Antes, tudo aquilo ali era o Campo da Várzea, uma área de 69 hectares que servia de acampamento para os carreteiros e abrigava o gado destinado ao abastecimento da cidade. Com a construção da capela de Nosso Senhor Jesus do Bom Fim, a grande extensão de terras passou a ser conhecida como Campos do Bom Fim.

No tempo do cativeiro, o futuro bairro era mata fechada, onde muitos escravos fugidos encontravam abrigo. Já no fim do escravismo, uma alforria coletiva promovida pelo Centro Abolicionista deu ao lugar o nome de Campos da Redenção. E, aí, grupos de libertos foram se instalando na área.

Com a chegada dos imigrantes, principalmente da Polônia e de países próximos, a chamada Colônia Africana passou a ter os operosos e bem organizados israelitas como vizinhos. Um destes era o joalheiro Mendel Samuel.

Morava na rua Fernandes Vieira, próximo à esquina da avenida Independência. Era alto, corpulento e caminhava com dificuldade, apoiado numa bengala com castão de prata. E recebera da irmã o pesado encargo de tomar conta da sobrinha adolescente, que se perdera no Rio de Janeiro, sucumbindo à lábia viscosa de um *goy*, que ainda por cima era um *shvartser*, um preto.

Depois da chegada da moça transviada, Dona Sara, mulher de Mendel, muito incomodada, se recolhera espontaneamente a uma espécie de claustro. Gastava todo o tempo que lhe sobrava das tarefas domésticas na leitura da Torá e de outros livros das Escrituras Sagradas. E só saía de casa para ir à sinagoga, sozinha.

Nosso herói, agora, sabe com certeza onde encontrar Raquel e chega ao endereço exato. É um casarão de pedra com dois andares, cercado por um muro alto com um portão de ferro trabalhado.

Nozinho salta do carro de praça, paga a corrida ao chofer, confere o endereço no papelzinho que tem na mão, examina a fachada da casa e balança a campainha do portão. Vem atendê-la uma senhora com aparência de índia, que o atende e pede que ele espere na varanda lateral. Passados alguns minutos, surge Raquel.

— Mesmo depois de tantos anos sem vê-la, tive certeza de que a reconheceria entre todas as mulheres do mundo. — Assim ele me escreveu, tempos depois, fazendo questão de que eu inserisse, no meu planejado relato, seu depoimento textual. — Estava trajada do mesmo jeito simples e bonito de sempre: vestido caseiro, mas harmonioso e bem-feito; casaquinho de lã; um xale elegante envolvendo o pescoço; os pés calçados com umas chinelinhas e protegidos por uma meia grossa... Os cabelos estavam presos em coque, na parte de trás da cabeça. Cumprimentei-a respeitosamente; e ela me perguntou se eu pensara muito nela em todos aqueles anos. E eu disse que jamais a esquecera, mas que a brutalidade da nossa separação me confundira bastante. E assim, por várias vezes, em diversos lugares, eu tinha me enganado e decepcionado, pensando ver sua figura em outras mulheres.

Entretanto, parece que Raquel ouviu os queixumes de Nozinho com mais curiosidade do que tristeza. Chamava-o de meu amor, meu querido, mas agora era mais pragmática do que romântica, e até meio cínica. Em sua fala, embora carinhosa, intercalava frases como: não há mais lugar para mim na sua vida; o que nós fizemos foi coisa de criança, eu amadureci muito. E contou sua história: disse que chegara a Porto Alegre escondendo a gravidez dos tios e primos. E, numa pausa, pergunta:

— Você não quer saber da sua filha?
— Filha? Nossa?
— Sim, nós temos uma filha, paizinho.
— Onde ela está? Como se chama?
— Ela se chama Séfora.
— Como?
— Séfora. É o nome de uma mulher importante. O mesmo que Zípora...

Contou que uma certa dra. Bertha a ajudara a ter a filha em segredo e depois a internara em um dispensário. Que ela estava se preparando para trazer, para sua companhia, a menina, muito inteligente e estudiosa. Nozinho então se emocionava mais ainda e se dispunha a ajudar:

— Vamos casar, Raquel.
— Não, lindo amor: as coisas mudaram... O tempo passou... Há muitas diferenças entre nós... Nós somos como água e vinho...
— Vamos casar e criar nossa filha, Raquel...
— E vamos viver de quê? Como?
— A habilidade que eu tenho são as línguas que eu conheço.
— Ora, ora... Eu ia me esquecendo... Você aprimorou seu iídiche?
— E aprendi francês, inglês e alemão. De ouvido, claro. Mas sei me comunicar bem. E toco um pouco de percussão...

— Percussão? Címbalos? Gongos? Guizos?

— Bombo, caixa e prato, tudo junto. Eu chamo de *bateria*.

Raquel tinha recebido Nozinho na varanda lateral da casa, mas com certo carinho. Aos poucos, entretanto, esse carinho foi se revelando mais como aquela compaixão sentida ante um inferior, um fracassado, vencido pelo destino. E assim foi, com muito jeito, despachando o pobre apaixonado em direção à saída.

— Minha vida mudou muito. E a tua deve ter mudado também, paizinho. — Nozinho começava a estranhar o tratamento. — A gente era muito criança. E quando a gente é criança não sabe distinguir uma atração física de um amor de verdade. Nós não chegamos nem a nos conhecer.

— E a nossa filha, Raquel?

Raquel, abrindo o portão, sorriu como se estivesse num palco, representando uma personagem frívola.

— Ora... É brincadeira, meu machinho. Uma fantasia minha! Mal cheguei aqui, fui logo tratando de me livrar do embrulho. Na Cidade Baixa, no Areal e na Ilhota, o que não falta é preta velha rezadeira. E eu fui lá me rezar. Dois dias depois já estava tudo resolvido; e ninguém nem desconfiou de nada.

Nozinho começa a se dar conta de que está diante de outra Raquel.

— Você está sendo bem tratada aqui?

— Meu tio e minha tia estão se lixando pra mim; e não veem a hora de me ter pelas costas. Mas, mesmo assim, não me falta nada. E a maior parte do meu tempo é gasto no trabalho que faço para a dra. Bertha.

— Mas quem é essa doutora?

— É uma mulher muito inteligente e muito poderosa, que luta pelos direitos das mulheres, para as mulheres votarem, serem donas de seus narizes e não dependerem dos homens. Ela viaja muito, já representou o Brasil no estrangeiro...

Mentira! Loucura! Raquel ouviu muito falar de Bertha Lutz, importante líder feminista brasileira, de fama internacional, e a envolveu em sua fantasia. Mas o que ela diz é simplesmente o arcabouço do diabólico álibi que criou para ocultar suas reais ocupações, as frequentes viagens que simula, seus planos para o futuro. Nos quais, aliás, Nozinho jamais foi nem mesmo cogitado.

— Tudo mudou, meu machinho, meu docinho de coco queimado! — Raquel sorri, impiedosa. — E eu acho que você também devia dar um rumo à sua vida: menos pandeiro e mais dinheiro, menos viola e mais tratos à bola. Está compreendendo? Você é um rapaz inteligente, tem jeito pras línguas estrangeiras. Arranha o seu iidichezinho, e daí pro alemão é um pulo. Se eu fosse você, ia viajar, correr o mundo, conhecer pessoas diferentes, línguas diferentes — mostra a língua, obscena, e ri. — Passear, me divertir, ganhar dinheiro. Aí, depois eu voltava; importante, majestosa, invejada...

Num lampejo, Nozinho entendeu que estava sendo mandado embora, enxotado, escorraçado. Inapelavelmente. As palavras de Raquel zuniam em seus ouvidos: *importante, majestosa, invejada...* Então, como se de repente um raio o tivesse cegado, e um trovão o tivesse ensurdecido, tremendo de desespero, encharcado de suor, atirou-se sobre Raquel, que, surpreendida, deu apenas um grito e caiu ensanguentada.

O infeliz saiu desnorteado, sem a mínima noção de onde estava, para onde iria, do que fizera e do que realmente acontecera.

Dias depois, cais do Porto... Gamboa... Saúde... Praça Onze... de novo cais da Gamboa... porto de Santos... Nozinho caiu no mundo... Aliás, numa parte do mundo. Porque, na outra, está seu amigo Sebastian Simonsen, o Lorde de Ébano, o Cônsul dos Crioulos, o grande Simão, figura que também tive oportunidade de conhecer, admirar e ter como cliente; embora... Deixa pra lá!

18. *SHUFFLE ALONG*

Com muita pompa e alguma circunstância é inaugurada a Estrada Rio-São Paulo, o que facilita bastante as viagens de Simão, que não gosta do trem. Dizem as más línguas que a estrada só se construiu porque o prefeito Prado Júnior é paulista.

Quem saiu com esta foi o sambista Ismael Silva, que faz sucesso com o samba "Me faz carinhos", cantado por Chico Alves. Nozinho vibra, pois Ismael é seu amigo, como também goza de sua amizade a famosa Milu Mendonça, que tem lotado o Teatro Carlos Gomes, onde brilha na burleta carnavalesca *Ai, Zizinha*. Os jornais falam dela de forma grosseira, mas a vedete não está nem aí.

Quase ao mesmo tempo que Milu — tanto que muita gente confunde as duas —, aparece a vedete Ascendina Santos, num mafuá do Méier. De lá, a artista vai para o Centro da cidade, para o Bar Cosmopolita, cervejaria com show de variedades na rua Silva Jardim, antiga travessa da Barreira, na Praça Tiradentes. Marques Porto, a mando de

Paschoal Segreto, convida-a para o elenco do Teatro São José na esperança de que ela repita o sucesso da "boneca" Milu Mendonça.

Simão, o Cônsul dos Crioulos, sabia muita coisa. Sabia, por exemplo — como certa vez chamou minha atenção —, sobre a grande diferença entre o racismo praticado, respectivamente, contra judeus e negros. No primeiro caso, o motivo, segundo ele — e eu assino embaixo —, é a suposta superioridade dos discriminados, sempre vistos como inteligentes, esforçados, coesos e ricos, sendo por isso temidos como perigosos. No segundo, as vítimas são desconsideradas por sua suposta inferioridade étnica, biológica, histórica e civilizatória. O que, hoje, até eu sei que não se justifica, porque aprendi alguma coisa sobre os egípcios; sobre a civilização núbia; sobre os impérios negros do Sudão; sobre a civilização suaíli etc.

Baseado nesses argumentos e dentro da ideia que teve para o carnaval, Simão lutava pela criação de um Partido Afro-Judaico ou de uma frente transamericana que consagrasse esse objetivo de união de negros e judeus. Simão acreditava nos benefícios da mestiçagem. Mas também achava que todo povo que se mistura com outro precisa defender o direito à sua identidade. Sua tese era complexa, e ele a desenvolvia bem. Mas tinha gente que achava que tudo não passava de malandragem, esperteza. Inclusive muitos negros e alguns judeus, que torceram o nariz quando souberam que ele estava nos Estados Unidos, como agora.

Pois o Cônsul dos Crioulos está em Nova York. Mais exatamente no Harlem. Onde uma coisa muito interessante logo lhe chama a atenção, conforme me disse, tempos depois:

— Nas igrejas protestantes, eu observei o modo como, na América, negros cristãos adaptaram às suas crenças as formas religiosas de origem judaica. Na Bíblia, os pretos escravizados encontram textos que lhes recordam sua situação. O cativeiro da Babilônia, com as profecias sobre sua salvação e a escravidão de Israel no Egito, até a libertação por Moisés, são alguns desses escritos. O negro americano aglutinou todos esses relatos para estruturar suas seitas de Renovação e de descida do Espírito Santo, e reinterpretou o protestantismo, fazendo de sua religiosidade, às vezes inconscientemente, um forte instrumento de ação política contra o racismo e a exclusão social. Sua liturgia e sua música expressam sua esperança de cruzar o rio Jordão e ver o Senhor. Eles comparam suas dores e esperanças com as dos judeus dos tempos bíblicos.

Simão foi ao Harlem para encontrar-se com seu ídolo, Robert Abbott. Mesmo porque a vinda em massa de negros do Sul, em busca de melhores condições de vida e trabalho, está transformando o Harlem em um bairro quase exclusivo da gente de cor. Os italianos, irlandeses, alemães e judeus proprietários não estão vendendo seus imóveis e sim os alugando, por cômodos, aos *colored* e suas famílias.

O fato é que do Harlem se tem acesso fácil a tudo quanto é parte da cidade, tanto para o lado do rio Hudson quanto para o do East River. A Lennox, sua principal avenida, vai do rio Harlem ao Central Park; e a Sétima também, sendo ambas cruzadas pela extensa rua 125.

Simão tem muitas dúvidas. E, de forma desinibida, com seu inglês fluente, vai perguntando tudo, motivando respostas altamente esclarecedoras por parte de interlocutores categorizados, como os poetas Langston Hughes e Countee Cullen e a estonteante bailarina Katherine Dunham.

— Ou bem ou mal, há moradia e trabalho para todos os que chegam. A maioria dessas moradias são cortiços superpovoados, grandes prédios de apartamentos de cinco andares, entremeados de casinhas de madeira, que abrigam, em um perímetro de uns 10 quilômetros, umas 200 mil pessoas, abandonadas pelas autoridades, sem serviços públicos de limpeza nem saneamento.

— E o comércio? É forte?

— O ramo de comércio, serviço e diversões é forte, tem de tudo: igreja, festa, caixa de correio, loja de móveis, jornaleiros, salões de beleza, barbearias, botequins, salão de bilhar, mercearias, confeitarias, lojas de roupas... Tem até um consultório dentário e um hospital. O Hospital do Harlem é um matadouro; mas, quando a gente encontra lá um médico negro, o orgulho suplanta a dor. E a presença de mais de trinta enfermeiras de cor também é um consolo. O comércio e os serviços do bairro têm também a possibilidade de absorver a mão de obra subalterna, em ocupações de baixa remuneração. O Harlem só não tem é escola secundária, nem banco.

— E em termos de diversão, mesmo, entretenimento...?

— Ah, meu irmão! Quanto a isso não temos que nos preocupar. Quer ver só? Na esquina da Lexington com a 142, acaba de ser inaugurado o Cotton Club. É um cabaré infernal, cheio de luxo. É só pra brancos, mas emprega orquestras, bailarinos e cantores exclusivamente negros.

Agora mesmo, estão lá o pianista e regente Duke Ellington e outras jovens promessas do jazz. E bem perto, na Broadway, está em cartaz, há quase dois anos, a primeira revista negra.

— Uma revista só com artistas de cor?

— É... O título é *Shuffle Along*, o arrasta-pé, com música de Noble Sissle e Eubie Blake, grandes compositores. É no Teatro Lafayette, na esquina da Sétima com a 131, a oeste do Harlem. O único concorrente é o velho Teatro Lincoln, que desde sua inauguração, há quatorze anos, apresenta espetáculos de elencos negros. O Lafayette, aberto três anos depois, começou segregando: brancos na plateia e negros no balcão. Mas, no ano seguinte, teve que ceder às reivindicações dos negros. E agora apresenta esse grande espetáculo, com muito sucesso.

Simão conseguiu um quarto numa pensão familiar na rua 140, na casa de Mrs. Fitzgerald, uma senhora muito educada, sempre bem-vestida. E, no seu primeiro domingo no Harlem, em plena avenida Lennox, foi surpreendido com um imponente desfile cívico.

A banda tocava uma marcha "daquelas", de arrepiar; que não era o "Stars and Stripes Forever", mas parecia muito. Estandartes coloridos, uniformes rebrilhando em seus alamares, bombos, caixas, surdos, clarins, trombetas, trompetes, trombones e tubas faziam um som eletrizante. E, no ponto culminante do desfile, de pé em um automóvel Ford aberto, vinha um general de luvas e chapéu emplumado, empunhando um cetro ou bastão metálico reluzente. Era Marcus Garvey, o Moisés dos negros — informou ao seu lado um velhinho, os olhos marejados. Como os do próprio Simão, sempre que relembrava este fato.

Garvey era jamaicano, mas radicou-se nos Estados Unidos por força de seus ideais. Com seus 35 anos, mais ou menos, era um grande orador, firme e inteligente; e o foco de sua atuação estava na ideia pan-africanista de soberania política das nações negras e de retorno dos remanescentes ou sobreviventes da escravidão ao continente de origem. Dentro desse propósito, ainda na Jamaica fundou a UNIA — Universal Negro Improvement Association (Associação Universal para o Progresso do Negro), entidade que já contava com milhares de membros distribuídos por vários países.

A UNIA veio com ele para os Estados Unidos, onde publicava o semanário *The Negro World*, órgão de divulgação de suas ideias. Em seu primeiro congresso de âmbito nacional, a UNIA anunciou o projeto de criar um Estado negro na África, ante a constatada impossibilidade dos descendentes de africanos gozarem de direitos plenos na América do Norte. Para tanto, Garvey tentava legalizar a Black Star Shipping Line, uma companhia de marinha mercante que faria a rota América–África, integrada por navios usados, mas em boas condições, que a União já tinha encomendado a uma companhia de navegação.

Mas Simão também gostava de festa, é claro. E, aí, foi levado a conhecer o Harlem *by night*.

A primeira visita foi, na Sétima Avenida, ao teatro e cassino Renaissance, uma construção de tijolos vermelhos em estilo árabe, e uma das ótimas casas noturnas. Nele acabara de estrear, com toda a força, o arranjador e chefe de orquestra Fletcher Henderson. Entre os salões de baile do bairro destacavam-se também o Roseland e o Arcadia, onde negociantes resolveram investir. No palco, Josephine Baker, a grande sensação do espetáculo *Shuffle Along*, trabalhava agora no Plantation Club, na Times Square. De lá, foi para Paris.

Para se entender direitinho o que acontece com as pessoas de cor no Brasil, nas Américas e até mesmo na África, é indispensável conhecer a história do povo judeu. Este pensamento rolava na cabeça de Simão com uma frequência incômoda. E isto o levava a buscar as respostas, que começaram a chegar através de Marcus Goldwyn-Mayer, simpático moço, secretário de Owney Madden, o chefão irlandês do famoso Cotton Club.

O chefão Madden usava a casa para mascarar suas atividades ilícitas, como a venda de bebidas alcoólicas, oficialmente proibida. E, sem nenhum disfarce, usava o Cotton, explicitamente, como um dos exemplos da segregação racial, exibindo os negros como exóticos, em cenários que evocavam o ambiente das *plantations* do Sul. Diante disso, Simão imaginava o absurdo de uma casa de espetáculos em que tal discriminação tivesse como objeto o povo judeu. Será que os artistas da comunidade judaica aceitariam esse tipo de serviço? Será que prefeririam o dinheiro, mesmo com toda a humilhação? Semanas e semanas depois, andando por Manhattan, Simão ainda pensava no que vira no Cotton Club.

Flanando, flanando, aos poucos o Lorde ficou sabendo que os judeus ocuparam a parte baixa do leste de Manhattan ao mesmo tempo que os imigrantes italianos, criando uma das comunidades mais populosas na face da Terra. Como já tinha ocorrido com outros grupos, com a chegada desses novos migrantes, os primitivos habitantes, mais abastados — alemães e irlandeses, dessa vez —, sentiram-se incomodados e foram saindo.

Segundo ele um dia me contou, os judeus trabalhavam habitualmente em ocupações manuais, como biscateiros ou, quando artesãos, por conta própria, em seus próprios negócios. Essas ocupações eram limitadas pelas restrições religiosas e sociais. Assim, não puderam trabalhar em fábricas, porque nestas havia expediente aos sábados, o que lhes era vedado pela religião. A diferença de língua também foi um problema para sua ambientação e entrada no mercado de trabalho, assim como sua necessidade de comida *kosher*, preparada segundo os preceitos do judaísmo, e de uma sinagoga. Em resumo, eles precisavam viver e trabalhar em seu próprio meio.

Apesar de toda essa dificuldade — foi Simão que me explicou isto —, as mulheres da comunidade raramente se empregaram como domésticas. Mas, em casa, elas não se limitavam aos afazeres do lar. O que mais faziam era se dedicar a costurar para fora, como se diz no Brasil, inclusive contratadas por comerciantes estabelecidos, para tarefas coletivas distribuídas por várias pessoas da mesma casa. O aperfeiçoamento e a divulgação da máquina de costura, trazidos por Isaac Singer, fizeram com que essas oficinas domésticas fossem dando lugar a estabelecimentos de confecção e venda de roupas, com donos e empregados judeus; e isso foi um importante fator de crescimento.

Além disso — estou apenas externando as opiniões que Simão me trouxe —, mesmo amargando a pobreza da vida nos cortiços, graças às peculiaridades de sua cultura e de seus valores familiares, a maioria dos judeus pôde escapar ao alcoolismo, à vagabundagem, à marginalidade, à degradação, enfim.

Conforme o Cônsul me falou, nas ruas, habitualmente, os judeus menos aquinhoados apareciam como mascates e vendedores ambulantes, empurrando seus carrinhos, da mesma forma que compareciam a eventos culturais, como conferências, concertos e exposições. Os jovens, quando trabalhavam fora de casa, raramente se ocupavam em horário integral, já que os pais os obrigavam a frequentar escolas.

Do século XIX para este — como me disse o Lorde —, o número de médicos judeus em Manhattan mais que duplicou; o de farmacêuticos cresceu mais de 250%; e o de dentistas cresceu além do triplo. E a percentagem de mascates e ambulantes diminuiu em 75%. Nessa ascensão social e econômica, a comunidade foi expandindo seus limites. E, com a inauguração do sistema de transportes do metrô, bairros como o Bronx e o Harlem ficaram acessíveis ao Centro da cidade e assim receberam mais moradores, grande parte judeus.

Concordo plenamente com o desaparecido Simão, um camarada que deixou saudade: compreender o sucesso dos judeus na América do Norte graças aos valores internos e à manutenção de suas tradições pode ser útil para que se compreenda o progresso social de um modo geral. Com os africanos escravizados nas Américas, tudo isso foi muito diferente — eu mais tarde aprendi —; até com o Paulo Ciência, um conhecido lá da Praça Onze, que ficou maluco de tanto estudar:

— A gente sabe pela Bíblia que o povo de Israel foi escravo na África. Sim! Na África. Olha no mapa pra você ver onde fica o Egito: a Bíblia não diz, mas o mapa não mente. E aquele luxo dos faraós, com todos aqueles sábios, guerreiros, sacerdotes, tinha base lá dentro, mesmo, nos cafundós da África, lá onde nasce o rio Nilo, que é o maior rio do mundo. Mas o tipo de escravidão que pegou os africanos, logo depois dos grandes descobrimentos... Ah! Esse foi muito diferente, foi um espeto. Os galegos fizeram dos africanos gato e sapato. Escracharam mesmo. Fizeram eles não só de pau pra toda obra, como os transformaram em mercadoria. Vendiam pretos pra lucrar, mano velho! E aí a cor da pele passou a indicar que aquela gente (nossos parentes) não eram pessoas, não tinham alma, não sentiam saudade... E, por isso, podia-se fazer com eles tudo o que se quisesse; até matar...

Quando o Paulo Ciência falava isso, as pessoas achavam que era *delirium tremens*. Mas ele tinha toda a razão. Os africanos, cativos no Brasil e nas Américas, foram, como regra geral, despersonalizados, desenraizados, desagregados, reduzidos a mercadoria e impunemente submetidos a torturas físicas e mentais. E o término de sua escravidão, notadamente no Brasil, não veio acompanhado de medidas que reparassem os danos de que foram vítimas nem que facilitassem o seu ingresso na sociedade. Neste momento, o que a classe dominante brasileira quer é o desaparecimento da *mancha negra* em sua população. Pelo menos foi esse o pensamento externado em Londres, no Congresso Universal das Raças, uns dez anos atrás, pelo antropólogo, físico e diretor do Museu Nacional. Ele anunciou, triunfalmente — e deu nos jornais —, que daqui a uns cem anos a mestiçagem vai levar ao branqueamento total da população brasileira. Será?

Pode ser. Mas o caso é que, no Brasil, as cartas de Simão, detalhando todas essas notícias, são lidas até na roda do Mecenato, na Praça Tiradentes. Quem mais se impressiona com elas é De Chocolat.

Talentoso artista, como todo baiano, vivendo no Rio há uns dez anos, João Cândido — o *Chocolate* — afrancesou o apelido e com ele acalenta o sonho de fundar uma trupe só com artistas de cor. Como escreve, compõe, canta e dança bem, e sabe bastante das manhas teatrais, ele parece estar no caminho certo. Está pondo de lado algum do dinheirinho que ganha com as revistas e burletas que encena, e goza da simpatia de alguns milionários entusiastas. E é principalmente com eles que conta para a criação da sua Companhia Negra de Revistas.

Já na Praça Onze, a grande notícia é a candidatura do dr. Jacarandá, *o tribuno do povo*, a presidente da República no pleito que vai eleger o sucessor de Artur Bernardes. Personagem nascido em Alagoas e radicado no Rio de Janeiro, o doutor é um rábula de cor, militante no foro da cidade. Vive na Praça Onze, onde se destaca pela indumentária aristocrática, apesar de velha e gasta: fraque preto, calças listradas, cravo vermelho na lapela e polainas, além de um monóculo, o que lhe confere um ar todo especial. Tido como amalucado, em sua campanha, entretanto, adota um discurso explícito de sua condição de negro. Frequentador assíduo do Café e Bar Pombal, embaixo do Clube Israelita, a todos cumprimenta educadamente, oferecendo seus serviços profissionais de advogado. Em sua candidatura, não faz discurso, apenas distribui os panfletos que carrega em sua velha pasta, cheia de papéis. Muitas pessoas contribuem para as despesas de sua campanha, na esperança de tê-lo um dia como representante. E um dos seus redutos eleitorais, como dizem maldosamente os pasquins, é a Zona, principalmente o lugar conhecido como *Quilombo*.

Aliás, diga-se de passagem, toda a pretensa alegria que envolve a vida boêmia do Mangue se acaba no Quilombo, conjunto de barracos levantados com restos de caixotes, folhas de madeira compensada, latas desmanchadas e retificadas de banha, manteiga, azeitonas, tinta e outros produtos.

O nome, como tantos outros, vem do lunfardo, a gíria do baixo-mundo platino. Pois, em Buenos Aires, o termo africano "quilombo" designa o prostíbulo; e mais exatamente o bordel degradado, no último grau da escala de baixeza e promiscuidade.

Fica no final da rua Pinto de Azevedo, já quase na Visconde de Duprat. E aí a gente pensa: dr. Pinto, Duprat... Que drama, esse, de os nomes de personagens tão importantes, como o do ilustre médico e o do riquíssimo e poderoso visconde — expoente da cafeicultura brasileira —, virem batizar ruas com destino tão desmerecedor! E que capricho desse mesmo destino ter levado Zezé àquela podridão.

Quando denunciou o romance de Raquel com Nozinho, a criada da família Fridman agiu roída de ciúmes. Em seus sonhos de adolescente, o príncipe encantado era o *preto que falava gringo*. E o que sentia por ele, Zezé sabia que, muito mais do que carinho e paixão, era uma obsessão das mais doentias: Zezé via Nozinho como sua contraparte, sua alma gêmea, metade da sua vida ou da sua existência: ele era seu, enfim. Jamais ela iria permitir que seu sonho não se cumprisse. E esse sonho — que o amado jamais imaginou que fosse sonhado — era tê-lo para si, como seu homem, seu marido, seu patrão, seu senhor por toda a vida.

Pouco tempo depois de Raquel ser mandada para o Sul, um dia Dona Eva deu por falta de um dinheiro que jurava ter colocado numa das gavetas menores do armário da cozinha.

— Zezé! Eu guardei duas notas de 10 mil-réis aqui nesta gaveta. É pra pagar o Seu Levi, que vem buscar daqui a pouco. Onde é que está o dinheiro?

— Não sei de dinheiro nenhum, Dona Eva.

— Mas como não sabe, menina? Eu botei na gaveta.

— Sei não, Dona Eva.

— Ninguém entrou aqui nesta cozinha a não ser você. Então é claro que você sabe onde está.

A patroa avança com violência para cima de Zezé e, enfiando a mão no bolso do avental, acaba por rasgá-lo. Ante a reação da menina, Dona Eva a agride com as unhas e lhe arranca o pano da cabeça, histérica.

— Sua ladra! Cadê o meu dinheiro?

— Eu não sei de dinheiro nenhum! Me larga! A senhora está me machucando.

— Sua ladra sem-vergonha! Sua negra nojenta! Eu já andava desconfiada! E botei o dinheiro ali pra isso mesmo, pra te pegar, sua preta bandida! O preto roubou minha filha. Agora você quer roubar meu dinheiro!

O Quilombo é o grau mais baixo da degradação do Mangue. E Zezé é seu produto mais degradado. Vegeta por lá, carcomida pela cachaça e pelas doenças do mundo, catando aqui uma guimba de cigarro, ali um pedaço de pão, o corpo entorpecido, a mente enevoada, lembrando vagamente que um dia sonhou um castelo, um príncipe... Tudo muito distante, longínquo, confuso, enfumaçado... Quase tanto quanto no Savoy, no Harlem — como Simão relatou em uma de suas cartas —, onde se realizou uma maratona de dança com os concorrentes dançando ao som de uma orquestra de 45 músicos.

Mas... E Nozinho?

Volta e meia surgia uma notícia, sempre triste, que nunca era confirmada. Mas desta vez, coitado...

— Fez mal à filha de um comendador e fugiu com ela pro estado do Rio. O italiano mandou os capangas pegarem ele lá. Pegaram, trouxeram pra cá, cortaram o pau dele, empalaram e desovaram o corpo. Com a rola enfiada na boca.

Mas Nozinho já tinha voltado para a Praça Onze... Pensei, pensei... De qualquer forma, dei uma passada no Catumbi.

O velório foi de caixão fechado, numa das capelas do tradicional cemitério. Cheguei às nove da noite e o que vi foi uma festa: todo mundo lá.

Do Estácio, Ismael, Brancura, Nanal, Aurélio, Bernardo Mãozinha... Madames dos *rendez-vous* da Conde Lage e adjacências... Gente do axé de João Alabá e gente do teatro, como Pérola Negra, Ascendina, Milu Boneca, Mecenato... E o povo da Praça Onze, naturalmente.

Bebia-se aos baldes, num vaivém incessante entre o Botequim do Tião Maria e a capela. "As águas rolavam em cachoeira/ e o vento levava as folhas da mangueira", como dizia a batucada tirada pelo Carlos Malcriado e versada por Nego Gimbo e Adalberto Sacramento.

Mas, de repente, numa das rodas de conversa, uma versão mais coerente para a morte do herói:

— Ele ia conhecer a filha, com quem tinha marcado um encontro, na casa da mãe de criação da menina. Para isso ele saiu de casa, veio pela rua de São Leopoldo, desceu a de Santana em direção à estação Dom Pedro II, e na rua Larga pegaram ele.

— Agora, o malandro morreu mesmo.

— Será?

Deu meia-noite e eu tinha de acordar cedo. Então, saí à francesa. Mesmo porque não tinha nenhum parente do morto, pra eu dar meus pêsames e me despedir. Então, fui saindo de fininho. Arrastando os pés.

19. FALONÃ

Lindonor Santana, o Nozinho, foi batizado na Igreja da Nossa Senhora que lhe deu o sobrenome. E também frequentou as casas de João Alabá, Assumano e Tio Sanin; foi *ensementado*, como se diz lá, na mata do Pau-Ferro, pela cabocla Dona Jurema; assistiu, de fora, a alguns ritos da sinagoga da Praça Onze, mas nunca foi religioso. Entretanto, mesmo apenas por intuição, conhecia e seguia algumas normas do saber eclesiástico. Sabia que tudo tem seu tempo, seu momento de acontecer: tempo de plantar e de colher; tempo de buscar, de perder e de guardar... E que a sabedoria mostra-se facilmente àqueles que a amam, e se deixa encontrar pelos que a procuram.

É assim, depois do funesto encontro com Raquel, que o nosso herói, guardando em seu íntimo, de modo inconsciente, essas verdades filosóficas, sem nenhuma clareza do que realmente procura, inicia sua viagem em busca do Conhecimento. Primeiro, embarcado num navio turístico, como baterista da orquestra.

O caso é que a tragédia do navio *Titanic*, anos atrás, traumatizara o mundo. Então, a indústria naval e a engenharia náutica internacional tomaram a peito, por uma questão não só comercial, como de honra, armar e lançar um novo transatlântico, maior, mais espaçoso, mais confortável, mais luxuoso e muito mais seguro do que o malfadado *Titanic*.

A orquestra contratada, a peso de ouro, para a viagem foi a de Fletcher Henderson, grande sucesso em Nova York. Como o baterista Kaiser Marshall recusou-se a fazer a viagem, por confessado pavor, o brasileiro Lindy Honour, recomendado por Simão, o Lorde de Ébano, o substituiu.

Carolina do Sul... Bahamas... República Dominicana... A viagem corria tranquila, com muita música e muita festa... Porto Rico... Trinidad... Travessia do Atlântico... Os ricaços se divertiam a valer e a orquestra brindava a todos com um repertório especialíssimo e bastante popular... Cabo Verde... Senegal... Costa do Marfim... Gana... Golfo de Benin... De repente aconteceu.

A orquestra tocava "Stormy Weather", num solo espetacular do trombonista Fred Robinson, quando o céu, já escurecendo, começou a soprar um vento terrível, vindo do sul. Com ele, nuvens grossas rolavam rápidas, com relâmpagos e trovões que vinham arrebentando tudo. As ondas pareciam montanhas que cresciam, subiam e se desmanchavam, para crescer de novo e de novo se desmanchar. Em princípio, o colosso de 350 metros de comprimento e 90 mil toneladas, obra-prima de 10 milhões de dólares, batizado com o arrogante nome *Imperishable* — imperecível —, permaneceu indiferente. Mas, em menos de

15 minutos, começou a balançar, até ser jogado para os lados e para o alto como uma simples casca de noz. Então, os sussurros do vento viraram assovios, soprando cada vez mais forte, no que o luxuoso transatlântico inclinou, querendo virar. Foi quando uma onda, a maior de todas as ondas que todos os mares já viram, encobriu tudo.

O baterista Lindy Honour, que era o nosso Nozinho, não fazia a mínima ideia — como muito depois me contou — do que lhe tinha acontecido, e de como tinha ido parar, sozinho, vestido a rigor (o nome *Imperishable Orchestra* bordado a ouro no lado esquerdo do peito), na foz do rio Níger, no Sudão inglês.

Quem lhe forneceu alguns indícios foi um religioso local, meio parecido com o babalaô Domiciano dos Reis, que Nozinho conhecera na Bahia. Inclusive, os instrumentos que ele utilizava no ritual de consulta ao oráculo eram exatamente parecidos com os do baiano.

— Olocum vive acorrentado no fundo do mar, nas profundezas do oceano — assim falou o africano, em seu inglês atrapalhado, mas compreensível. — Olorum lhe tirou os poderes que tinha sobre a terra firme. Mas, de vez em quando, para que os humanos sintam sua força, ele agita o mar com toda a violência. E aí, recebendo vidas humanas em sacrifício, ele se revigora e fica tranquilo de novo.

Na orquestra do navio, o baterista Lindy Honour, como era chamado na América, tornou-se outra pessoa: era o mais brincalhão, o mais galhofeiro, debochado, beberrão e irresponsável entre todos os colegas. A decepção com Raquel o levara a esse relaxamento, pelo qual ficava cada vez mais pobre e mais desacreditado. Até que pisou em terra africana e se tornou discípulo do mestre que, recomendado pelo sacerdote antes consultado, lhe revelou Olocum, o senhor do oceano.

Ao ver o sábio pela primeira vez, Nozinho ficou pasmo, perplexo. O mestre, cinquentão, porém atlético, tranquilo e sorridente, falava e se comportava exatamente como alguém muito querido e respeitado na velha Praça Onze carioca. Era o Celeste! Celeste dos Santos Silvestres! Não havia a menor dúvida. Ou, se não era o doce sábio, que um dia sumira sem deixar rastro, era um duplo, um avatar. Nozinho ficou absolutamente confuso, muito mesmo. Entretanto, por já saber que a Casa de Deus tem muitas moradas, e que há mais mistérios sobre a face da Terra do que supõem nossas vãs filosofias, largou a surpresa e as conjeturas de lado e deixou que o Destino o conduzisse.

Chamava-se Onibinifá, o mestre; era o oluô, chefe dos babalaôs, do obá — rei — Eueká II. E, em sua escola iniciática, na cidade de Edo ou Benim, Nozinho empregou sua inteligência e habilidade, com o que em pouco se tornou um dos discípulos mais amados, dotado de um caráter que a cada dia mudava um pouco, e sempre para melhor. Na mesma medida em que prosperava, Nozinho, agora rebatizado como Falonã — aquele que tem o caminho aberto por Ifá, o Senhor do Conhecimento —, começou a beneficiar também todos os que viviam à sua volta, embora sua fama de farrista, beberrão, estroina e irresponsável ainda o desacreditasse bastante. Foi então que o mestre Onibinifá, tendo que viajar à distante Ilé Ifé, reuniu todos os seus discípulos para suas despedidas e alguns aconselhamentos.

Por um motivo de força maior, Nozinho faltou ao encontro. Mas o mestre, onisciente, mesmo sabendo a razão da ausência, perguntou por ele. No que os colegas de turma tentaram mostrar ao mentor que ele era assim mesmo, relapso e irresponsável; e sua presença não era importante naquele momento. Mas Onibinifá, que ansiava por mudar a reputação daquele discípulo inteligente e querido, pôs em prática uma estratégia: ao final da reunião, entregou a cada um dos discípulos uma cabaça inteira, fechada, recém-colhida na majestosa gameleira de seu quintal; e mandou que um deles entregasse a de Falonã, o nosso Nozinho da Praça Onze. A recomendação final foi para que todos guardassem suas cabaças, depois de abertas e usado seu conteúdo, devolvendo o envoltório quando o mestre retornasse da longa viagem.

Encerrada a reunião, os quinze partiram meio desencantados: "Então, o Mestre, em vez de nos dar alguma coisa de útil, nos entrega todas essas cabaças fechadas: isto para nós não tem utilidade nenhuma." E, assim, deixaram todas as cabaças na casa de Falonã.

Passado um bom tempo, Mestre Onibinifá voltou e reuniu os discípulos. À medida que cada um ia chegando, ele perguntava pela respectiva cabaça, deixando todos em palpos de aranha, confusos, enrascados, sem saber explicar o que fora feito delas.

Até que chegou Nozinho Falonã, primeiro chamando a atenção de todos pelo requinte de suas vestimentas, por sua aparência, por sua elegância e seus modos de homem sábio, feliz e em paz com sua consciência.

O herói entrou, estendeu-se aos pés do Mestre em sinal de obediência, submissão e respeito, após o que chamou um criado que trazia quinze cabaças fechadas, e disse:

— Mestre, quero agradecer o rico tesouro que vós me propiciastes e devolver as quinze cabaças que confiastes à minha guarda.

E o mentor respondeu:

— Filho, todas as dezesseis cabaças que dei aos meus dezesseis discípulos continham ouro, diamantes e outras pedras preciosas. Como teus colegas recusaram o meu presente e o entregaram a teus cuidados, todo o conteúdo delas agora te pertence. Com elas, te dou também a Arca do Conhecimento, que contém todo o saber do Universo: a Torá, o Rig Veda, o Talmude, a Bíblia, o Livro dos Mortos, o Tao e o Livro Sagrado de Ifá. E te ilumino com o saber de todas as línguas, para que fales todas elas, quando quiseres ou precisares.

A partir daí, Falonã, Nozinho e Lindonor dos Santos constituíram uma trindade, que agregava três em um só dos homens mais ricos do mundo. Que pôde, assim, viajar e cumprir a grande missão que o Destino lhe confiou, usando como avatar a estranha mulher chamada Raquel. De quem, aliás, nosso personagem, apesar de rico, sábio e poderoso, jamais se esquece.

Nozinho é agora dono de uma fortuna incalculável, maior do que a do Mansa Kanku Mussá, imperador do Mali que inundou de ouro o Norte africano quando de sua lendária peregrinação a Meca, no século XV, despertando a cobiça do mundo. Suas posses são maiores também que a do famigerado rei Leopoldo da Bélgica, que, ao morrer, uns vinte anos atrás, era dono de todo o vastíssimo território que circunda o rio Congo, de onde extraiu, para seu tesouro pessoal, mais de 1 bilhão de dólares em minérios, marfim e látex.

Agora, nosso herói podia satisfazer um velho desejo: conhecer a Etiópia dos abissínios, país glorioso desde os tempos bíblicos, terra de Cuxe — filho de Cam e neto de Noé —, um dos berços do cristianismo, ao qual ainda permanece fiel; reduto de um judaísmo exótico, praticado por descendentes de Salomão com a rainha de Sabá; terra que serviu de asilo ao profeta Maomé, perseguido pelos velhos árabes politeístas e idólatras.

Sem qualquer tipo de problema, Nozinho Falonã comprou, pagando em *cash* à White Star Line, um vapor da classe Olympic, construído nos estaleiros da irlandesa Harland and Wolff, garantia de bom investimento. Batizou-o com o nome *Eleven Square*, não se sabe por quê. Enquanto equipava o navio com uma tripulação de marítimos experientes, preparou as três esposas, com quem buscava em vão preencher o vazio deixado pela inesquecível amada: Fatuma, a fula; Kwabena, a axânti; e Femi, a animista-fetichista, como diria o sábio Nina Rodrigues. Seus casamentos com essas mulheres ocorreram como resultado de acordos políticos que o agora poderoso chefe houve por bem fazer com outros chefes regionais.

As três esposas, mães zelosas, aprontaram os filhos, e a família fez-se ao mar, disposta a refazer parte da rota percorrida pelo almirante Vasco da Gama.

Faço questão de frisar, para prevenir qualquer acusação de invencionice ou fantasia paranoide, que o relato que agora vou transcrever me foi confiado pelo próprio Nozinho, quando de seu retorno ao Brasil. Ele é parte de um diário de viagem: apenas um fragmento, pois o restante se perdeu, não sei exatamente em que circunstâncias.

Informo também, *ad perpetuam rei memoriam* — para eterna lembrança —, que, publique-se ou não o livro, estes escritos estão devidamente depositados na Biblioteca Nacional, conforme registro no Livro 16.064, às fls. 460, nos termos da lei.

Diário de bordo — Primeiro fragmento

6 de janeiro, segunda-feira

Dia dos Santos Reis. Nesse dia, eu menino subia a Providência, para ver a Folia... Saudades!

E agora, enquanto me apresto para fazer a rota do Gama, vem-me à lembrança, também, aquele momento, muitos anos atrás, em que recebi da cabocla Jurema minha primeira e decisiva energização vital, com a semente que tenho incrustada no peito, para me fechar o corpo e abrir meus caminhos, fazendo-me chegar até este distante rincão africano. Onde, agora, consigo me comunicar ora em inglês ora em francês, ou qualquer língua local, sem que ninguém perceba que eu sou um estrangeiro.

* * *

Partimos de Lagos, pela manhã, na direção sul. Passamos ao largo das ilhas de São Tomé. Sempre bordejando o litoral, vimos ao longe, numa sequência mostrada pelo imediato, os palmeirais de Cabinda, a foz do rio Congo, as luzes de São Paulo de Luanda. Esta cidade é a capital de Angola, rica província ultramarina de Portugal, e foi um dos maiores centros de exportação de escravos para o Brasil, por mais de trezentos anos. Recolhemo-nos, enquanto a viagem segue bordejando Lobito, Benguela, também grandes embarcadouros de escravos até o século passado.

4 de fevereiro, terça-feira

Ontem foi o Dia de São Brás, padroeiro e protetor da garganta. Como estará Milu Boneca, com aquela sua voz maviosa? Que São Brás a proteja!

Depois de alguns dias sem ver terra, por causa de um cauteloso desvio feito pelo imediato, avistamos o vasto deserto da Namíbia, terra dos bosquímanos e hotentotes, povos primitivos, considerados os humanos mais antigos do planeta. E chegamos à baía de Santa Helena, onde o comandante resolveu fazer alguns reparos na casa de máquinas.

* * *

A geografia, nesta parte extrema do continente, apresenta um cinturão de terras baixas, separadas pelas grandes extensões montanhosas que vêm do planalto sul-africano.

* * *

Fatuma, minha esposa muçulmana, pede ao imediato que lhe indique a exata direção de Meca, para fazer sua prece vespertina exatamente dentro do preceito.

1º de março, sábado

Depois de cruzarmos o cabo da Boa Esperança, milagrosamente sem tormenta ou qualquer outro tipo de problema, entrarmos na Angra de São Brás, atingimos o cabo Natal, chegamos ao lugar que Vasco da Gama chamou de *Terra das Boas Gentes*, já quase no canal de Moçambique.

* * *

Leio num livro da biblioteca de bordo que, dada a enorme extensão do litoral e o fato de só através de Moçambique ser possível às riquezas extraídas dos domínios ingleses chegarem ao mar, o litoral moçambicano tem alta importância estratégica para os portugueses. Mas o mar não é pacífico: todo o litoral é permanentemente fustigado por fortes ciclones, chamados aqui de monumucaias. Do extremo sul até o arquipélago de Bazaruto, o mar se acalmou e pudemos apreciar a magnífica beleza das Ilhas das Pérolas.

* * *

Os meninos estão sentindo falta de outras crianças para brincar. As meninas estão começando a achar a viagem monótona. Filhos... filhos...

3 de março, segunda-feira

O dia é consagrado a São Márcio e São Mariano, dos quais eu nunca tinha ouvido falar. Mas devem ser santos fortes, um pelos poderes de Marte; o outro, pelas graças da Virgem Maria.

Pela manhã estávamos chegando a Sofala, centro do comércio entre o interior nativo e o litoral árabe e indiano de Moçambique. E, ao saber que um dos moços de bordo, chamado Ali Hassan, era natural da cidade, pedi que me falasse um pouco sobre ela. Então, ele, que já não era tão moço e tinha o dom de narrar boas histórias, me falou:

— *Eu era bem menino, Sahib. E o meu clã estava envolvido em uma disputa com um outro clã, os karangas, do povo Xona, o nosso povo. Perdida a luta, eu, meu pai, minha mãe, meu irmão e minha irmã fomos feitos cativos. E, de Sofala, minha família foi separada, cada um vendido para um lugar. Mas eu fiquei por lá, indo trabalhar no porto, no serviço de carga e descarga de navios.*

(Hassan falava bonito!)

— *Sofala era, e ainda é, como o senhor vai ver, apenas uma pequena cidade à beira do mar. Seu povo é quase todo mouro, gente meio negra e meio árabe; e toda a riqueza deles vem das montanhas, das terras do meu povo. No trabalho dos navios, um dia conheci o príncipe, filho do sultão, que acabou ficando meu amigo e fez com que o pai me comprasse. Eu, mesmo escravo, ainda era forte e bem-apessoado. Aí, servindo no palácio do sultão, fui envolvido pela princesa, que se enrabichou por mim. Com medo do que pudesse acontecer, eu fugia dessa situação. Mas o próprio príncipe, que até então era meu amigo, quando lhe contei a história, achou que eu era o culpado e me apontou como sedutor da irmã. Então fui preso e quase sentenciado à morte. Mas o sultão preferiu me vender ao capitão de um navio, que levava e trazia mercadorias de Sofala até a Índia; da Índia para Sofala.*

(Hassan parecia uma Sherazade!)

— *Incorporado à tripulação, acabei por descobrir, aos poucos, o paradeiro de minha família, espalhada pela terra de Zanje: meu pai trabalhava como ferreiro para o exército de Angoche, que é um sultanato pequeno, na costa, acima de Quelimane; e ligado aos mercadores da região, principalmente os de Quíloa...*

O imediato interrompeu a narrativa de Ali Hassan. O navio estava atracando.

4 de março, terça-feira

Sonhei com a história de Ali Hassan. Mas achei seu relato muito estranho. Pelos meus cálculos e pela idade que ele aparentava, os fatos narrados deveriam ter acontecido já no nosso século, ou no máximo no finzinho do anterior. Será que ainda existem sultões, príncipes, princesas e escravos na África Oriental? Ou o narrador delirava? Atendi ao chamado do imediato e dispensei Hassan de finalizar a história.

6 de março, quinta-feira

Passamos o rio dos Bons Sinais. Vasco da Gama o chamou assim porque foi nesse lugar que recebeu as primeiras informações de que estava no caminho certo; e que mais à frente ia encontrar pilotos capazes de o orientar melhor sobre a rota.

* * *

Kwabena, minha esposa axânti, está reclamando que a comida de bordo não tem estado boa; que os preceitos da tradição não estão sendo observados; que falta tempero; que os alimentos não estão bem cozidos... Não sei o que fazer.

9 de março, domingo

Após o navio fazer uma deriva a estibordo, para visualizarmos Madagascar, chegamos à ilha de Moçambique. Aqui, o vitorioso almirante Gama e seus marinheiros inicialmente foram bem recebidos pelo sultão, que os confundiu com muçulmanos e lhes deu toda a ajuda de que necessitavam. Inclusive os apresentou aos principais mercadores da rede do Índico — árabes e persas. Preocupados em ter revelada a sua condição de cristãos, Vasco da Gama e seus homens ocultaram suas identidades. Mas, após uma série de mal-entendidos, tiveram que levantar âncoras e zarpar, disparando seus canhões.

* * *

O menino menor, Ajahy, está prostrado, caidinho. Mas o mestre Falekê executou os procedimentos aplicados ao caso e concluiu que não há motivo para maiores preocupações. Cuidado, me disse o mestre, eu preciso ter é com a mãe do menino; com as atenções descabidas que ela vem dando a um dos membros da tripulação. E eu não tinha percebido nada...

19 de março, quarta feira

Dia de São José. O dr. Jacarandá era devoto dele, porque o santo é operário. Como estará o velho?
O navio vai singrando o oceano Índico. O mar está calmo, o vento é bom e o dia está esplêndido. Assim, na amurada, fumando meu cachimbo, olhando a bela paisagem, eu alongo o pensamento na direção do passado.
Desde o século VIII, toda esta costa foi povoada de feitorias, entrepostos comerciais. E, a partir desses armazéns, flores-

ceram cidades e principados. O aspecto das cidades impressiona, assim como a riqueza dos habitantes e a elegância de seu vestuário, de seda ou algodão, com muitos bordados a ouro — como observei de Sofala até aqui. As mulheres usam braceletes e correntes de ouro e prata nos pulsos e tornozelos; e de suas orelhas pendem pedras preciosas.

Segundo o Diário, em Mombaça e Malinde havia muitos navios que zarpavam para a Ásia, aproveitando as monções de verão. As monções, como eu aprendi, são um fenômeno de ventos que sopram do mar para o continente, no verão; e do continente para o mar, no inverno. As monções de verão vêm sempre trazendo muita chuva.

Esses navios, conforme escreveu Nozinho, foram muito importantes para o desenvolvimento da arte de navegar, principalmente no avanço dos conhecimentos sobre os ventos e correntes; e na feitura das cartas de navegação. E é claro que tudo isso foi importante para o desenvolvimento da civilização do oceano Índico.

Foi assim que — isso eu busquei na *Geographie* de P. F. Bainier —, nessa rota de navegação e comércio que ia do oceano Índico, passando por Aden ou diretamente da África para a Ásia e vice-versa, favorecidos pelas monções, nasceram entrepostos que se tornaram cidades. E nelas floresceu uma rica aristocracia de mercadores, muçulmanos em sua maioria, e muitos deles mestiços, que por vezes desafiaram o poder das autoridades tradicionais. E provocaram choques e conflitos.

É claro que, mesmo no tempo de Vasco da Gama, nem toda a população daquelas cidades era rica. Mas os poderosos desfrutavam de grande prosperidade. Eram belas mesquitas e palácios construídos em pedra, adornados com magníficos vidros importados da Pérsia, cerâmicas da China... Nos palácios, guardavam-se tesouros em faianças inglesas trazidas da Índia, porcelana chinesa rara, pratos decorados, pérolas, pedras preciosas, estatuetas de ouro e marfim, joias de jade e cobre; e belíssimos tapetes do Oriente.

Marinheiros pretos eram empregados em barcos de cabotagem e em outros que regularmente faziam o percurso entre a Ásia e a África, como se vê e lê em vários manuscritos e pinturas. Outros deixaram a África para estabelecer colônias na Arábia meridional e até mesmo na costa ocidental da Índia.

Nozinho escreveu no Diário que em certa ocasião viu passando no mar, ao largo do seu navio, uma esquadra chinesa, com navios enormes, indo em direção a Malinde. E, segundo ele, outros navegantes, em outras ocasiões, confirmaram ter tido também esta visão, perto da costa de Brava e também de Mogadixo, que em italiano se escreve *Mogadiscio*...

Mas vamos a mais um trecho do fantástico Diário do nosso inacreditável Lindonor, o Nozinho Falonã:

Diário de bordo — Segundo fragmento

27 de setembro, quinta-feira

Dia dos santos gêmeos Cosme e Damião. A casa de Tia Hermínia, hoje, certamente está em festa. Parece-me que sinto daqui o aroma do caruru dos Ibêjis. As crianças, tanto os meninos quanto as meninas, embora nenhum seja filho ou filha do meu sangue, recebem de mim todo amor e carinho. E hoje é um dia especial. Mandei preparar para eles uma farta mesa de guloseimas, tanto brasileiras quanto árabes, da Guiné e da tradição judaica. E vou distribuir os agrados, lembrancinhas e brinquedos indianos que comprei em Mombaça.

* * *

O navio já está atracando em Zanzibar. Como é um dia especialmente alegre, chamei o fabuloso Ali Hassan para me falar da ilha. E ele não se faz de rogado.

— Zanzibar é uma ilha muito bonita e muito grande, Sahib. Tem mil milhas de redondeza. O povo daqui tem sua própria língua, o seu próprio sultão; e só obedece a ele. Não dependem nem rendem tributo a nenhum país. São pretos e andam nus; têm cabelo muito duro e embaraçado; a boca grande e o nariz achatado... Mas não dão obediência a ninguém, só ao sultão deles. O que eles têm de feio têm de valentes. E mais: Zanzibar tem tudo quanto é espécie de caça. Girafas, zebras, elefantes... Os pretos caçam elefantes pra vender o marfim; e ajudam os brancos a caçar leões, tigres, leopardos... Mas exigem dinheiro pra isso: branco não leva boa vida com eles, não, Sahib. O senhor também não é branco e sabe como esses brancos que vêm pra cá são safados. Mas Alá, o Misericordioso, está de olho neles, não é mesmo?

"O povo daqui é guerreiro, sabe lutar e não tem medo de morrer. E não tem cavalo, não, Sahib: eles combatem montados em camelos e elefantes. E uma batalha com elefantes é uma coisa muito solene, muito caprichada, o senhor precisa ver. De armas, eles só levam o escudo de couro, a espada e a lança. Armam em cima das montarias umas espécies de palanquins fechados e vão ali, guerreando o inimigo. E dão vinho de arroz pros animais, pra eles ficarem mais animados; e bebem também; e ficam também mais valentes.

"Agora... desculpe o que vou falar, Sahib: as mulheres desta ilha são muito feias; mas muito feias mesmo. A única coisa boa que elas têm é o vinho de arroz, que fazem e vendem, porque nisso elas também são boas: vender mercadorias; qualquer uma. Teve uma delas que..."

* * *

Ali Hassan foi mais uma vez interrompido, em sua narração, pelo comandante chamando para o desembarque. Dispensei-o e fui ao encontro das esposas e dos filhos. Femi já não estava entre elas, nem seu menino Ajahy, de quem eu gostava como se fosse filho meu. Mais tarde eu soube que o moço de bordo a quem ela dispensava atenções desmedidas tinha sumido também.

Isso ocorreu pela manhã. Agora, depois de ter mandado vasculhar a cidade sem sucesso, me sento aqui para descansar. Como diz o provérbio: *Não saber é ruim; não querer saber é pior.*

20. *KEBRA NAGAST*

Quase um século atrás — isto não estava no Diário, mas Nozinho me contou —, as águas da costa oriental africana e do litoral oeste da grande ilha de Madagascar eram infestadas de piratas chineses. O mais terrível deles foi um certo Shap Ng-tsai.

De início baseado em Tien-pai, cerca de 300 quilômetros a oeste de Hong Kong, esse pirata, à frente de uma frota de setenta juncos, a pretexto de proteção, cobrava tributo de todos os entrepostos e aldeias localizados de Macau até a Indochina. Mas, não satisfeito, estendeu sua rede criminosa até o oceano Índico.

Aportando e desembarcando em Mogadixo, nosso herói foi abordado por um chinês que se encantara com seu navio e queria comprá-lo. Era um homem muito forte, de característicos olhos rasgados, cabelos lisos; mas tinha o rosto totalmente coberto por escarificações e tatuagens. Os desenhos e incisões eram tão rentes uns dos outros e tão elaborados que a aparência do homem era de um negro: um facinoroso china preto.

Mas a oferta foi boa e a ocasião era oportuna: o percurso até a Etiópia teria de ser feito por via fluvial, e o porte de sua embarcação era incompatível com o rio a navegar. Então, foi fechado o negócio; com Nozinho sabendo, depois, que o comprador era neto do famigerado Shap Ng-tsai. O que, felizmente, já não tinha nenhuma importância, pois a transação fora boa e o pagamento feito em sonantes libras esterlinas.

Restava agora acomodar a família. E a surpresa foi grande quando, de volta à hospedaria, o herói ficou sabendo que as duas esposas restantes, com os respectivos filhos, tinham zarpado, espontaneamente, sem qualquer espécie de violência e com todos os seus pertences, em outro navio, de bandeira norte-americana.

— *O que se jogou no lixo não se encontra novamente* — disse Nozinho, descasando os botões de sua rica túnica de seda chinesa. Após o que, extenuado, deitou-se e dormiu um sono pesado. Para, dois dias depois, embarcar no veleiro que, subindo o rio Webi Shibeli, atravessaria a fronteira, levando-o até a Etiópia.

O rio é, juntamente com o Nilo Azul, o Omo e o Takazee, um dos mais importantes da Etiópia. E, em razão do clima inóspito de seu vale, só é navegável em determinada época do ano. Mas Falonã, o nosso Nozinho da Praça Onze, tinha muita sorte: chegou na estação das chuvas e subiu o rio com relativa tranquilidade, ajudado por seus criados.

A Etiópia, também chamada Abissínia, é um dos primeiros países cristãos do mundo e o único na África que jamais foi colonizado, conforme aprendi no *Lello Universal*. Mas sua história política é muito complicada, principalmente pela proximidade com a Arábia e pela rivalidade entre cristãos e muçulmanos, a partir do século VII. E o "x" do problema é que o país não tem litoral, e sempre esteve à procura de uma saída, em especial pelo mar Vermelho, o que só naquela ocasião começava a acontecer. Vêm daí, então, todas as disputas que sempre ocorreram em seu território.

Adis Abeba, a capital, surpreendeu o viajante. Fundada pelo imperador Menelik II — da linhagem do rei Salomão —, era moderna e inovadora. Ligada já à região de Djibuti, no mar Vermelho, pelos trilhos de uma estrada de ferro e, ao interior, por uma longa rodovia, tinha um bom hospital e uma boa escola pública; serviços de telegrafia e de imprensa; e um banco de porte internacional, o Banco da Abissínia. Aliás, pouca gente sabia ou imaginava, como até hoje, que existisse na África uma cidade assim tão adiantada e com quase tudo funcionando bem.

O capital que impulsionava o país vinha de investidores franceses, britânicos e italianos. E o jovem Ras Tafari Makonnen, aspirante ao trono real, informado por seu serviço secreto, via com muito bons olhos a chegada ao país do abastado visitante, *Mister Falonan*. Assim, lhe ofereceu todas as facilidades de investimento, inserindo-o na capitosa rede do capitalismo internacional.

Desta forma, já despreocupado com o destino de sua incalculável fortuna, o capitalista Nozinho Falonã, dando umas voltas de reconhecimento do terreno, foi se informando:

— O país agora já é membro da Liga das Nações... — dizia o guia, mostrando a estonteante paisagem: montanhas e mais montanhas; nos mais variados tons de um verde veludoso.

— Mas... Qual o certo? Etiópia ou Abissínia? — O turista era curioso; e o guia tem prazer em esclarecer:

— Abissínia é o nome que designa mais especificamente esta região de planalto, onde estamos. Vem do nome árabe *habash* ou *habbashat*, que é o de uma das tribos tidas, pela tradição, como fundadoras do país. E Etiópia vem do grego *ethiops*, que quer dizer cara queimada: os gregos antigos, quando viram gente negra pela primeira vez, acharam que a cor da pele era resultado de queimadura. — O guia ironizava: — Eles não sabiam de nada.

O turista da Praça Onze, louco por etimologia, anotava tudo no seu caderninho. E se estonteava com o que via, das alturas onde estava.

— É um país muito bonito...

— E com muita história.

O guia era orgulhoso. Com toda a razão.

Dias depois desse reconhecimento preliminar, o viajante Lindonor Santana Falonan (o til só existe em português e espanhol; e ele já não atende mais quando chamado de Nozinho), convenientemente hospedado na província de Tigré, entre Ieia e Makalé, perguntou onde ficava o mosteiro da montanha. E, informado, rumou para lá.

A entrada do mosteiro de nome Debre Damo situava-se 15 metros acima do solo. Não tinha nada que facilitasse o acesso — nem escada, nem elevador... Nada. Apenas uma corda trançada, de cânhamo e couro, presa a uma rocha. E foi por ela que o visitante, demonstrando ótima condição física e muita destreza, apesar de já não ser mais nem um pouco do Nozinho da Praça Onze, subiu, entrou no mosteiro e contemplou a paisagem.

A cidade santa de Lalibala, a 2.600 metros de altitude, era e ainda é a Jerusalém etíope, pois reúne doze igrejas e capelas, quatro santuários monolíticos e as igrejas criptas. A maior dessas igrejas esculpidas na rocha é Beta Madhana, a Casa do Senhor do Mundo. Vamos até lá!

Na porta da igreja, um velho de aspecto venerando aborda o visitante oferecendo informações. É elegante, o velhote: veste uma túnica larga, caindo levemente sobre uma calça larga em cima e estreita embaixo. Sobre essas vestes, um manto transpassado ao modo das togas romanas, e na cabeça uma espécie de turbante. Tudo muito branco. Nos pés, sandálias de couro de cabra; na mão esquerda, um cajado, e, na direita, um exemplar do *Kebra Nagast*, o livro dos reis etíopes.

Apresenta-se formalmente como Ireamena Kristos, um cristão copta, esclarecendo que seu povo, os coptas, habitam também o Egito e a Núbia. E, assim, vai fornecendo ao visitante as informações básicas que se costuma dar aos turistas. E o faz achando que o nosso herói, pelo inglês que fala, é apenas um africano ocidental endinheirado, e provavelmente um aliado dos colonialistas britânicos, a serviço dos italianos.

— A religião muçulmana — informa — chegou aqui com os árabes, depois do século VII. Mas o cristianismo já estava há muito mais tempo, desde o início da Era Cristã. E, além disso, aqui se pratica também uma forma de judaísmo.

O pensamento do nosso Falonã recua no tempo e no espaço, até aquela noite na mata, quando a semente do pau-ferro foi cravada no seu peito, no lado direito.

— Ê, Irajá! — suspira.

E o velho copta fala que fala, no seu inglês tortuoso, exibindo erudição. Diz que a península Arábica foi povoada originalmente por populações negras, aparentadas aos vedas indianos. A proximidade entre a Arábia e o nordeste africano motivou, na Antiguidade, até mesmo a fusão de povos e estados. Um dos resultados dessa fusão foi o povo de Sabá, que edificou um reino extenso e próspero.

Conta o velho a história de Makeda, a rainha de Sabá, que os hebreus chamam de Belkiss. Que saiu de lá da fronteira entre a Etiópia e o sul da Arábia para ir conhecer o rei Salomão, na Judeia. E que voltou da viagem com *um rei na barriga*. Rei esse, aliás um príncipe, que se chamou Menelik (o primeiro), e que é o grande ancestral dos judeus etíopes. No século XIII, um de seus descendentes fundou a chamada Dinastia Salomônica, na qual brilhou o grande Ámeda-Sion, um dos maiores soberanos de todos os tempos. Como seu ancestral Salomão, rei de Judá e Israel.

O pensamento do Falonã voa de novo: Praça Onze... Porto Alegre... E pousa no colo de Raquel.

— Puta descarada! — murmura ele, rilhando os dentes, de dor e despeito, despido de toda a santidade.

Mas o velho ainda fala. Segundo ele, o *Kebra Nagast* ensina que Makeda era filha de um faraó do Egito.

— E tem gente mais antiga que diz que Salomão também reinou no Egito, com o nome de Xexonq. Quem sabe?

O nome Salomão não traz boas lembranças ao herói. Melhor é ouvir sobre o Preste João, misterioso rei cristão que espicaçou a curiosidade da Europa desde antes da Idade Média. O velho diz que ele reinou no século XII e se chamava Gabra Masqal, em homenagem a um tetratataravô que reinou dez séculos antes. Mas foi mesmo conhecido como Lalibela, e é adorado como um santo.

— Logo que sua mãe o deu à luz, um grande enxame de abelhas, surgido não se sabe de onde, o cercou. Então, um espírito incorporou na mãe dele e falou que as abelhas tinham vindo reverenciá-lo, porque sabiam que ele era alguém muito grande. E aí ele recebeu o nome "Lalibela", que quer dizer *a abelha reconheceu sua graça*. Esse foi o nosso maior soberano. E foi um dos maiores cristãos que o mundo conheceu.

O velho copta, emocionado, falava quase chorando.

Lalibela — como me informei depois — foi o construtor de todo o magnífico conjunto de igrejas rupestres, escavadas na pedra, que até hoje assombram, por sua beleza, os visitantes que chegam à cidade santa que leva seu nome. Cidade em que milagres ocorrem. Como o que o nosso herói protagonizou.

É que o velho copta, extremamente emocionado, ao narrar o episódio do nascimento do santo, esqueceu-se do tortuoso inglês que arranhava e contou a história em gueês, uma língua morta. E Nozinho Falonã entendeu tudo perfeitamente.

Mais importante é que o gueês foi a primeira língua dos abissínios e é a língua da velha literatura. No século X, foi substituída pelo amárico, no sul e no centro do país; e no norte predomina o tigré, entre as tribos menos letradas.

Nosso herói prestava muita atenção na fala do velho copta. Mas essa atenção era voltada para o som das palavras e a estrutura das frases. E, de repente, depois do relato do velho, ele começou a articular algumas frases em gueês. Inclusive discutindo a etimologia do termo "tigré", que ele sabe que tem origem na língua do Irã, e como os iranianos teriam chegado até ali.

O velho copta agora não tinha nenhuma dúvida sobre a identidade do turista. Então, apavorado, recolheu seus utensílios, enrolou sua toga e saiu tropeçando, correndo como podia, gritando aos quatro ventos e apontando para o surpreso Lindonor Santana:

— *Saytan! Saytan! Saytan!*

No dia seguinte, já refeito do susto e ainda rindo bastante com seu criado, o visitante — conforme me contou — conheceu Slomo e Baruch, da comunidade dos chamados *falachas*, os judeus etíopes. Fez amizade com os dois, que, semanas mais tarde, o levaram para conhecer sua região.

As casas, em geral, eram no estilo oriental, com o aspecto, pelo teto chato, de caixas cercadas por muros de pedra. Mas aqui e ali, viam-se, nas aldeias e povoados, casas-tendas ao estilo somali.

Os falachas até hoje vivem principalmente ali, na porção norte-noroeste da Etiópia; mas se espalham por outras regiões. Eles são orgulhosos de sua história e de suas tradições e gostam de contá-las. Bom para o nosso herói, que aproveita cada palavra das informações que recebia:

— O termo "falacha" é pejorativo. Quer dizer iletrado, sem escrita. E nós não somos analfabetos. Por isso recusamos a denominação. Nós somos filhos de Israel: Beta Israel, portanto.

O visitante anota tudo, tim-tim por tim-tim, sem perder uma palavra.

— Nós, o povo Beta Israel, somos etíopes seguidores do judaísmo. Nossos ancestrais vieram do Oriente Médio, na Antiguidade, estabelecendo-se na região de Bagemder, nas montanhas próximas a Gondar.

Os amigos Baruch e Slomo levam Falonã até Bagemder, nas montanhas próximas a Gondar. E lá o visitante é apresentado a um sábio falacha. Ao contrário do copta Ireamena Kristos, que viu uma manifestação diabólica no poliglotismo do nosso herói, o novo interlocutor é a imagem da paz. E transmite ensinamentos preciosos:

— Nosso livro sagrado é o Velho Testamento, só que escrito em gueês. Mas nosso povo pode se orientar por outras obras, na mesma língua, e também por obras escritas em copta.

Nozinho não sabe que o gueês é a língua que falou, assustando o velho Kristos. O sábio explica:

— É a língua mais antiga da Abissínia. Sua escrita deriva da escrita dos sabeus, o povo da rainha de Sabá; foi criada mais de cem anos antes de Jesus Cristo, e é talvez a única língua do mundo escrita em zigue-zague. Assim, olhe: a primeira linha da direita para a esquerda, e a segunda da esquerda para a direita.

O velho explica e demonstra, riscando um pedaço de papel com uma pena rústica. O herói fica maravilhado com a rapidez. E pergunta o que o velho escreveu.

— Aqui está escrito o seguinte: "Para o homem da cidade, o jardim é uma floresta... O tolo procura esterco onde o boi nunca pastou... Pés impacientes vão dar na cova da serpente... Quem ainda não sabe andar não pode subir escada..."

Falonã não sabe bem o porquê de o sábio ter escrito essas frases. Percebe que se trata de provérbios, ensinamentos em forma de parábola. Mas fica intrigado, achando que talvez o velho lhe esteja prevendo acontecimentos futuros e lhe dando conselhos preventivos, de cautela. O sábio prossegue:

— Além do Velho Testamento, temos também outros livros, muito antigos, e escritos em copta, que é outra língua que nós falamos. Inclusive alguns desses livros transmitem o espírito e o pensamento dos antigos hebreus.

— Eu soube que vocês rezam missa também.

— Sim. São celebrações parecidas com as dos coptas, mas temos algumas coisas que tiramos dos judeus: lemos salmos, lemos o Livro dos Jubileus...

— O Livro dos Jubileus?

— Exatamente... E acompanhamos a missa com cantigas e danças dos dabtaras.

— Dabtaras?

— São os intérpretes dos livros.

— Os chefes dos sacerdotes?

— Não. O primeiro sacerdote é eleito por nós. E aí, ele tem uma vida diferente. Como suas funções são especiais e exigem muita dedicação, ele não trabalha como nós, na lavoura, nas construções, na pesca... Nada disso!

— Não faz nada?

— Faz, sim. As cerimônias de purificação, os sacrifícios de animais, as celebrações dos sábados, as oferendas propiciatórias... Tudo isso é atribuição do primeiro sacerdote. É ele também que prepara os amuletos e talismãs protetores.

— Para afastar o Mal.

— Para afastar as forças de Saytan, de Ganel...
— O demônio?
— O Mal. Qualquer que seja o seu nome.

Nozinho era da Praça Onze. Já tinha vivenciado todo tipo de experiência religiosa: o islamismo cruzado com o candomblé, na linha de muçurumim; o culto da sereia nas águas da praia Formosa; a cabala dos *tmeim* nas sinagogas impuras próximas à Praça Tiradentes... Mas o judaísmo dos Beta Israel o tocou muito particularmente; embora não contivesse nada de muito original em relação a outras filosofias.

Segundo o livro que ele mais tarde me deu, para os Beta Israel, a alma do indivíduo está em todas as partes do corpo e assume a sua forma. Após a morte, ela vai para Samayi, o mundo dos espíritos, e, dependendo dos méritos de seu dono, é mandada para Ganat, o paraíso, ou para Siol, o inferno.

O universo dos Beta Israel é povoado por numerosos espíritos de diferentes categorias que, em sua maioria, são apenas almas de ancestrais falecidos. Os espíritos das calamidades naturais, dos fundadores de clãs, dos reis, dos magos, dos grandes animais e dos homens mortos por raios são os mais poderosos. Os espíritos vingativos devem ser capturados, fechados num pote e afundados num pântano. Mas o espírito de uma doença pode também ser guardado num pote e, assim, transformado em objeto de culto, para proteção contra aquela doença.

— Os cristãos etíopes dependem da Igreja de Alexandria. Seu chefe é um bispo ou patriarca, o abuná, que unge o imperador e ordena os sacerdotes. Mas nós não somos cristãos. Nós somos parte do Povo de Israel.

Enfim, o nosso herói chegara aonde sempre deveria ter estado: ao seio do povo entre o qual, apesar das evidências históricas em contrário — quem sabe? —, teria sido gerado.

Sem dúvida, os chamados falachas o tinham recebido como um dos seus, como um filho que volta depois de um longo exílio. Não sabiam de onde vinha nem quem eram seus pais. Mas sabiam que era um enviado de Jah, o Incriado, o Preexistente, o Deus Supremo; e que tinha uma missão na Terra.

De volta ao lago Tana, o brasileiro visita os mosteiros construídos pelo rei Ámeda-Sion, no século XIV. Esse rei cristão foi o maior entre os maiores, destacando-se como chefe guerreiro principalmente pela conquista dos sultanatos muçulmanos do leste do país.

Em uma das paredes do principal mosteiro, está escrito em gueês: *Nosso rei é extremamente valoroso e seu governo é justo. Assim, ao seu redor, estão reunidos os homens mais sábios, mais piedosos e mais refinados de toda esta parte do mundo; e talvez de todo o mundo, em todos os tempos.* Esse rei foi o grande Ámeda-Sion.

Então, Nozinho Falonã inicia-se na religião dos Beta Israel, para mais um acréscimo em sua Força Vital, submetendo-se a todos os ritos, inclusive à circuncisão — que lhe ensinam ser um costume militar originário do Egito, que selava o pacto do soldado com seu faraó. Instado a declarar o novo nome através do qual será conhecido desse momento em diante, o neófito diz, em alto e bom som: *Ámeda-Sion*! E as montanhas, as florestas, os rios, os vales de toda a Abissínia ecoam sua voz, numa reverberação múltipla:

Ámeda-Sioooooooooonnnnnnnnnn!!!

Dessa forma, entre o seu novo povo, o ex-Nozinho da Praça Onze, ex-Lindy Honour, agora Falonã Ámeda-Sion, provou, gostou e aprendeu a preparar o *wot*, uma apimentada carne cozida; uma espécie de pão chamada *enjara*; a gostosa iguaria frita chamada *kwanta*; o tempero chamado *barbare*... E, com algum esforço, claro, já tinha aprendido a falar e escrever guêes, copta, sabeu e amárico. E isto graças à sua permanência em um mosteiro de Ieha, cidade na província de Tigré.

Mas os falachas que conheceu falavam hebraico, língua que não era a que sabia desde garoto. Então, paciência! Teve que aprender hebraico também; desprezando o iídiche, de tão triste lembrança. E foi nessa língua que, uma noite, à volta de uma fogueira, depois de tomar bastante *talla*, a cerveja caseira dos etíopes, e *taj*, o hidromel, entrou numa espécie de transe e fez sua proclamação:

— Oh, Jah!!! Venho depositar a vossos pés, firmemente fincados no Infinito, toda a pequenez da minha condição humana. Ó, Preexistente! Ó, Incriado! Deixo em vossas mãos inalcançáveis toda a abjeta obsessão, envenenada de desejo, ódio, vingança e vaidade, que me trouxe até aqui. Para que Vossa Grandeza incomensurável expulse da minha alma o fogo da iniquidade e mantenha nela apenas a chama da bondade, da caridade e da vontade de ser útil aos meus irmãos e semelhantes! Tenho lutado segundo a segundo, dia a dia, mês a mês, ano a ano, resistindo a uma obsessão terrível, tudo suportando em silêncio, tudo procurando esquecer, renunciando a mim mesmo. Mas agora eu quero ser o farol do meu povo, aceso em meio às pedras, à beira do mar encapelado. Sim! Do meu povo! Para que, nos momentos constantes de humilhação, meu povo sinta meu coração pulsando ao seu lado. Para que, quando a fome bata à sua porta, meu povo sinta minha energia o fortificando para a luta. Meu sacrifício manterá meu povo unido e será a bandeira de sua libertação. Em nome de Jah, o Incriado, o Preexistente.

O discurso foi reunindo uma pequena multidão em torno do profeta. Muitos não sabiam exatamente a quem era dirigida a mensagem. Mas o fervor da fala eletrizava a todos:

— Parto para libertar meu povo da nova Babilônia, que escravizou e traficou os negros fazendo-os cativos nas Américas. E hoje ainda os imobiliza com os grilhões da pobreza, do analfabetismo e da exclusão social. Todos nós devemos lutar para lembrar os negros de sua herança e libertá-los da Babilônia. Minha missão agora é voltar ao Atlântico e de lá às Américas, para levar esta mensagem. E avisar a todo mundo que Jah enviará o sinal na hora da volta do Povo de Cor ao lar original, à origem de todas as origens. Livre de todas as paixões humanas: da cobiça, do ciúme, do desprezo, do egoísmo, da embriaguez, do equívoco, da fraude, da ira, da lisonja, da mentira, do ressentimento, da tolice... Porque essas são as fontes primárias de todas as paixões e desilusões humanas. Em nome de Jah, o Incriado, o Preexistente!

21. SUA ALTEZA

Um dia, afinal, quando jamais pensava reencontrá-lo vivo ou morto, topei com Nozinho numa circunstância mais do que espantosa: inimaginável. Foi num Sete de Setembro, no campo do legendário Vasco da Gama, nosso time do coração. Na tribuna de honra.

Ele me reconheceu; me recebeu muito bem, compreendendo meu espanto. Relembramos algumas passagens, ao som dos belos dobrados e marchas executados pela banda do Batalhão de Guardas. Aproveitei o ensejo e lhe contei o desagradável episódio do Turco da Praça Onze, que disse ser seu pai. E, ele, majestaticamente, o olhar fixo no gramado de São Januário, na exibição de ginástica rítmica da juventude eugênica, em homenagem à Sua Excelência, reagiu com frieza:

— Eu sei dessa história. Minha mãe um dia me contou.

A festa cívica terminava ao som da Orquestra Juvenil regida pelo maestro Villa-Lobos. Na saída do estádio, eu incorporado por ele à comitiva, perguntei se não gostaria de passar pela Praça Onze, e ele, dando de ombros, concordou. Assim, fomos. Na ponte dos Marinheiros, perguntou pelo Quingongo, que os jornais chamavam de Sudão, e eu contei do arrasamento dramático, verdadeira operação de guerra, com os miseráveis fugindo desnorteados. Pedi ao motorista que entrasse à direita e fosse devagar: rua Machado Coelho... Júlio do Carmo... Laura de Araújo... Carmo Neto... Bastava! Pegamos a Marquês de Sapucaí.

— Os prédios continuam os mesmos. Mas as finalidades... — observou ele, como um técnico.

E eu expliquei que a maioria dos antigos imigrantes, incomodados com a vizinhança sórdida, tinham ido, numa espécie de êxodo, para o Méier, Madureira, Olaria... E até para Copacabana. No que ele filosofou, etiopicamente:

— O mal entra como agulha e se alastra como capim.

A partir daí, em encontros espaçados, de acordo com as vagas em sua atribulada agenda, foi me contando toda esta história que resolvi colocar no papel. E cujo epílogo poderá ser escrito mais ou menos assim:

Passam-se os anos, viram-se as páginas da história do Brasil, do Rio de Janeiro, da Bahia, de São Paulo e do Rio Grande. Na capital da República, para onde voltou após a morte dos pais, Raquel Fridman mora em Bonsucesso, subúrbio chique da Leopoldina, vivendo da renda dos vários imóveis do espólio do meu saudoso cliente Natan Fridman. O inventário, que eu abri e encerrei sem problemas — e me rendeu honorários bastante satisfatórios —, correu na 4ª Vara de Órfãos e Sucessões, e Raquel era a herdeira universal. E ela, agora, dispunha de tempo e dinheiro para dedicar-se à Associação Beneficente Funerária e Religiosa Israelita, entidade responsável pelo célebre cemitério de

Inhaúma, da qual era presidente. Em contato permanente com a congênere paulista, a Sociedade Feminina Religiosa e Beneficente Israel, a inteligente herdeira dos Fridman vive e trabalha sozinha, pois a filha Eva mora com parentes no Lower East Side nova-iorquino, onde estuda piano e balé clássico.

Saiba-se que muitas outras informações me foram prestadas, tempos atrás, pelo multifacetado Sebastian Cochrane Simonsen, na época ainda se desdobrando no eixo Rio-São Paulo, como um dos líderes do PTAB, Partido Trabalhista Afro do Brasil. Naquele momento, a entidade mantinha avançadas negociações com o Ministério do Interior, estando prestes a conseguir, segundo o Cônsul anunciava, ótimas terras na Amazônia para instalar voluntariamente núcleos de populações de cor. O objetivo final era a formação de um país que abrigasse em seu território todos os descendentes de africanos outrora escravizados no Brasil e que quisessem gozar da nova cidadania.

Ao ouvir isso, o nosso Chaim Sherman subiu nas tamancas:

— Isso é uma tremenda de uma babaquice!

Em paralelo, o Lorde se apresentava como bem-sucedido empresário artístico e desportivo, de renome internacional, sendo também, segundo dizia, proprietário-fundador do jornal *A Voz da Raça*. Sua mulher, a doce estrela Milu Simonsen, *née* Mendonça, e popularmente conhecida como Milu Boneca, seguia vitoriosa carreira, no teatro, no rádio, no disco e no cinema, tendo atuado com destaque nos filmes *Café com leite*, *Dondoca* e *A cigana do Catumbi*.

Já o delirante Mecenato, esse não teve melhor sorte: morrera em circunstâncias suspeitas na Colônia Juliano Moreira, em Jacarepaguá, onde fora internado depois de diagnosticado como portador de psicose maníaco--depressiva.

Da mesma forma o querido Chaim Sherman, falecido em consequência de um acidente besta, um descuido fatal. Imaginem que, certa noite, voltou do trabalho para casa, esquecendo na farmácia o frasco com limonada purgativa, que tinha preparado para seu uso, e outro com ácido fênico, que a mulher, Idalina, tinha pedido para desinfetar o banheiro. Em nenhum dos dois colocou rótulo, por achar desnecessário. Como chegou em casa sem o desinfetante, a mulher mandou a empregada buscar. Ela, segundo relato de Idalina, trouxe e colocou os dois frascos juntos no armário. Quando ele foi tomar o purgante, distraidamente, acabou bebendo o ácido.

As suspeitas da morte do Chaim recaíram sobre Dona Idalina. E eu, procurado por ela, assumi sua defesa. Aleguei que tudo não passara de um acidente; e, caso tivesse realmente ocorrido um homicídio, fora culposo, sem nenhum tipo de dolo, de intenção criminosa. Para mim, até prova em contrário, ela é inocente. Mas cabeça de juiz, todo mundo sabe... E assim eu esperava a decisão. Que afinal não foi necessária, pois a pobre da ré acabou se finando de desgosto.

A vida então caminhava dentro do mais ou menos previsível naquele momento histórico. Fora a queda fatal do aeroplano Santos Dumont, que ia ao encontro do Pai da Aviação, de retorno ao Brasil, nada de muito importante saía nos jornais. Nem mesmo a quebra da Bolsa de

Nova York, assunto restrito ao meio financeiro e à roda de atacadistas vascaínos da rua do Acre.

Novidade, de verdade, era a gravação do samba "Na Pavuna". Nela, pela primeira vez, a percussão tradicional do samba, com pandeiro, cuíca, tamborim, ganzá e surdo, era registrada em estúdio; e o disco chamou atenção.

Canuto do Salgueiro, mentor e parceiro do jovem compositor Noel Rosa e por ele considerado o melhor de todos os sambistas, tocou tamborim, ao lado dos companheiros Buruca e Andaraí. Era um preto magro, alto, calmo, afinadíssimo, e que cantava baixinho, com *sentimento profundo*, como gostava de dizer. E, por força desse sentimento, lembrava o finado Nozinho:

— Se ele estivesse aqui, esse ritmo ia estar melhor ainda. Que cadência tinha aquele caboclo!

A cadência a que Canuto se referia é o ritmo que flui com suavidade, agradável de ouvir e sentir. Da mesma forma que flui, neste momento, o gênio criativo e comercial de Madam C. J. Walker, como se apresenta a empresária americana Sarah Breedlove.

Senhora de cor, com 60 e poucos anos, Madam Walker começou, por volta de 1905, a trabalhar com produtos e artefatos de beleza para mulheres negras. Cinco anos depois, estabelecida com um laboratório e uma fábrica, pontificava à frente de uma rede de mais de 5 mil representantes espalhada por quase toda a América do Norte. Tornou-se uma estrela da indústria de cosméticos em seu país, graças a um eficiente trabalho de propaganda, promoção e vendas pelo correio, além de dedicar-se a atividades beneficentes e educativas em favor da gente de cor.

As invenções de Madam Walker já chegavam à Praça Onze. Mais exatamente ao estabelecimento comercial da cabeleireira Merildes, o Instituto de Beleza Madame Merry. Na verdade, uma pequena loja embaixo da Kananga do Japão, entre uma selaria e uma quitanda, mas bem organizadinha.

Milu Mendonça, a querida cantora, era freguesa assídua. Toda quinta-feira à tarde, quando não tinha compromisso de trabalho, ia lá alisar o cabelo, fazer as unhas, saber das novidades... E ouvir coisas, que nem sempre lhe interessavam ou agradavam.

— O troço é alto, minha nega. É coisa de mais de 100 mil contos.

— O quê? Cem mil contos?

— É... Um rolo de arame deste tamanho, minha filha!

— Mas como? Como é que ele sozinho armou essa traquitana toda?

— Sozinho, não! Tem muita gente alta metida nisso. Mas ele é que é a mola mestra, o ponta de lança.

— Mas... Me explica: como é que ele conseguiu isso?

Milu não conhecia a mexeriqueira. Mas o teor da conversa despertou sua curiosidade; e sua audição se aguçou, enquanto Merildes — que também quer saber da novidade — arrumava seu cabelo.

A conversa era sobre a descoberta de uma sequência de fraudes milionárias, perpetradas por alguém até então acima de qualquer suspeita e que acabava de ser desmascarado.

— Eu sempre achei que tinha alguma coisa estranha: muita elegância, muita joia, muita viagem... Preto com luxo fede a bucho, minha nega.

O ditado, demolidor, mas dito com graça, provocou uma grande gargalhada.

— Viagem pra lá, viagem pra cá... São Paulo, Estados Unidos...

— Automóvel, motocicleta com barquinha... Quem não conhece é que compra, minha filha!

— E ainda tem gente que acha que é Lorde mesmo.

— E Cônsul... Veja você...

Milu começou a desconfiar... E a ficar nervosa. Até que perguntou:

— Desculpem entrar na conversa de vocês... Mas essa pessoa de quem vocês estão falando...

A boateira a reconhece:

— Mas... Você não é aquela cantora? Como é mesmo o seu nome? Aprecio muito a sua voz.

— Obrigada! Milu Mendonça, às suas ordens. Mas quem é mesmo a pessoa de quem a senhora estava falando?

— É um falso bacana, minha filha; um golpista, um fraudador...

— Vocês conhecem?

— E como, minha santa?

— Desculpem, mas... Como é que ele se chama?

— Sebastian... É conhecido como Simão; e se apresenta como Simão Simonsen.

— Falsário? Não pode ser!

A mexeriqueira, mais bem-informada, arrematou:

— E ainda por cima o pilantra é meu marido, minha flor. Cheio de amantes, mas é.

— Nãooo!!!

Milu empalideceu. E lívida, suando frio, tremendo-se toda, tombou desfalecida na cadeira de Merildes, que, tentando reanimá-la e não conseguindo, pediu um copo d'água. A manicure encharcou de éter um chumaço de algodão e deu pra ela cheirar. Começou a juntar gente. Milu contraiu o rosto, entortou a boca... No que chegou um carro de praça. O motorista a carregou desmaiada, e arfando bastante. Merildes foi com a coitada para o pronto-socorro.

Dias depois, Braz, o marido de Tina, além de preocupado com o estado de saúde da cunhada, amargou uma tremenda decepção: a colocação prometida por Simão estava demorando; e agora não vinha mais. Tina, mais ferida do que decepcionada, tentou se erguer:

— Bem que eu desconfiava... Pois é, meu velho, vamos seguir nossa vidinha. Milu vai sair dessa; e Deus há de nos ajudar.

O momento parecia ser mesmo de grandes falcatruas. Na Itália, por exemplo, acabara de aparecer o tal conto do vigário. Que veio não de um padre, mas de um espertalhão chamado Vincenzo Viccario.

Dizem que recebeu de um falsificador a oferta de vinte notas de cem liras — um dinheirão — *feitas em casa*. O malandro pechinchou e tal; e acabou comprando cada uma por cinquenta liras, pra pagar depois. Aí, pegou o dinheiro e foi até uma cantina, saldar uma dívida que tinha com um agiota. Para tanto, fingindo-se embriagado e deixando o credor ver o maço de vinte notas de cem liras na carteira, perguntou se ele aceitava tudo em notas de cinquenta. O ganancioso aceitou e ele pagou com vinte notas de cem, fingindo não notar que estava pagando 2 mil liras em vez de mil.

O agiota firmou o recibo de mil liras em notas de cinquenta. No dia seguinte, tentando passar adiante as notas falsas, o ganancioso acabou preso e acusou Vincenzo Viccario. Que prontamente apresentou o recibo detalhado e assinado; e caiu fora, livre da dívida e de qualquer problema.

Algum tempo depois, Viccario — que os cariocas chamavam "vigário" — imigrou para o Brasil, rico e respeitado, vindo morar num casarão na rua Nabuco de Freitas, bairro de Santo Cristo. E com ele veio o *conto do vigário*, como ficou conhecido aqui. E ganhou esse nome porque os malandros cariocas passaram a aplicá-lo em contos de réis, que era como se chamavam os mil cruzeiros de hoje. Mesmo com a posterior mudança da moeda, o golpe continuou a se referir ao conto — ao *conto do vigário* — praticado pelos vigaristas, discípulos do italiano Vincenzo. E Simão, o Lorde de Ébano, o Cônsul dos Crioulos, era um deles.

No Rio, naquele momento, a notícia estava em todos os jornais, que destacavam o fato de que o preto Simão Simonsen tinha interesses na pátria de Frederick Douglass, Booker T. Washington e W. E. B. Du Bois. Que também é a de John Dillinger, Lucky Luciano e Al Capone.

Tendo vivido um bom tempo nos Estados Unidos da América, país que visitava periodicamente, ao mesmo tempo que se colocava a par dos movimentos políticos pró-melhoramento da gente de cor, o Lorde inseria-se no mundo dos fraudadores e golpistas nova-iorquinos, os chamados pretos de colarinho-branco, como Big Bill Johnson, Pudding Head Brown, Cannonball Jones e outros maus elementos. Nesse ambiente, aprendeu a atrair capitalistas gananciosos e incautos com a promessa de multiplicar seus investimentos; e assim usar créditos para quitar débitos antigos e, numa crescente ciranda financeira, acumular fortuna.

Primeiro, participou, lá mesmo nos EUA, de uma negociata de terras com escrituras falsas, vendendo e revendendo propriedades e ganhando um bom dinheiro. Depois, em São Paulo, engendrou a Associação Brasileira para o Progresso da Gente de Cor, divulgada pelo estranho nome de *Abepegecê*. Ancorado na escritura falsa de um terreno de 20 mil metros quadrados — e no projeto de uma sede monumental, com um fabuloso centro de compras, gastronomia e lazer, falsamente aprovado na Prefeitura e para o qual atraiu importantes investidores —, acabou sendo descoberto. E isso ocorreu quando, no Rio, atraiu um numeroso grupo de comerciantes de sucata para uma concorrência pública. Fazendo-se passar por diretor da Estrada de Ferro Central do Brasil, apregoou a venda em hasta pública de um lote de locomotivas desativadas nas Oficinas do Engenho de Dentro, o maior estabelecimento do ramo na América Latina. Aceitando o polpudo suborno de um dos concorrentes, prometeu-lhe vitória na licitação. Que evidentemente não se realizou, pelo desmascaramento do estelionatário, evadido para lugar incerto e não sabido.

Curioso é que, nesse momento, nem mesmo a chegada de Josephine Baker ao Brasil — creditada, entre a gente de cor e alguns artistas, como mais um fruto da influência do Cônsul dos Crioulos — ecoa tanto na imprensa carioca. E o burburinho, com matérias e mais matérias, suítes e mais suítes, só vai arrefecer quando os jornais começam a noticiar a chegada a Porto Alegre, com ânimo de permanência definitiva, de um príncipe africano com sua corte.

Com efeito, Sua Alteza abissínia Ámeda-Sion VII havia chegado à capital sulina como príncipe, ou seja, como herdeiro presuntivo do trono da Etiópia, à frente de um séquito que incluía três crianças, provavelmente seus filhos, e quatro mulheres: uma belíssima, uma comum, uma feia e uma horrenda. Pareciam ser esposas, mas nada se sabia ao certo.

O nobre instalou-se, de início, em São Borja, município da Zona das Missões, na fronteira com a Argentina. A propriedade, de uns trinta hectares, era parte de uma antiga fazenda de gado e, segundo voz corrente, fora doada ao príncipe por um rico estancieiro. Mas, depois, transferiu-se para a capital, sem, contudo, deixar a morada campestre. Lá, Sua Alteza tornou-se um celebrado líder religioso e carismático de uma seita sincrética denominada Filhos de Sião — a qual, em pouco tempo, reuniu uma multidão de adeptos em torno do suntuoso palácio cedido pelo governo e denominado Santuário.

Suas crianças eram três, uma menina e dois meninos — aos quais ele se referia como a *Santíssima Trindade*. E o que intrigava ainda mais o povo da capital do Rio Grande era a aparência dessas crianças (branca, a menina; e os meninos, um preto e outro caboclo) e como elas se definiam do ponto de vista racial: cada uma escolhera para si uma definição em línguas diferentes. Mas nenhuma delas admitia ser chamada de mestiço.

Intrigante também era que ninguém sabia como nem em que circunstâncias Sua Alteza abissínia Ámeda-Sion, o príncipe etíope, tinha chegado ao Brasil. Por qual motivo o exilado escolhera o país, não se sabia. Sua chegada era tida como consequência da subida ao poder do Ras Hailé Selassié, na Etiópia, mas nada jamais se esclareceu a respeito.

Poliglota, dizia-se que tinha poderes de cura, conhecia a ciência das ervas medicinais, presidia ritos religiosos e, segundo boas fontes, dava assistência espiritual, além de aconselhamento em assuntos de governo, a poderosos políticos e homens de negócio. Na estância de São Borja, organizava festas que duravam três dias, recebendo a elite, e garantia abrigo e ajuda a quem pedisse. Assim, atraiu para si a autoridade de líder na comunidade negra de Porto Alegre.

Com o crescimento de sua fama, o príncipe foi reunindo em torno de si uma corte cada vez maior. E os serviços que esse contingente requeria propiciaram também o acúmulo de bens, desde cavalos trazidos da Arábia até automóveis chegados da América do Norte.

As festas do palácio tornaram-se também legendárias. Duravam três dias, com o Santuário sempre cheio de gente, da manhã à noite, quando se comia e bebia do bom e do melhor, ao som dos tambores que batucavam sem parar naquelas 72 horas. Nesses dias, o príncipe recebia a visita da gente mais ilustre da cidade, inclusive do presidente do estado, que, conhecendo a influência daquele homem sobre a população de cor, ia felicitá-lo, mais por razões políticas do que por amizade ou consideração. Da mesma forma, iam vê-lo senhoras e cavalheiros da alta sociedade, além de capitães da indústria e do comércio, que precisavam de seu apoio para o perigo de greves e outras imposições.

O que muito se comentava, mas sem comprovação real, era sobre os rituais secretos que antecediam as festas na estância, com sacrifícios de animais de duas e quatro patas. Dizia-se que eram sempre muitos, imolados em cruéis, selvagens e horripilantes derramamentos de sangue. Habitualmente, segundo se contava, eram galos, galinhas, patos e pombos de todas as cores. Mas, nas festas maiores, de significado não compreendido, quase sempre se sacrificavam também cabras, cabritos, carneiros, ovelhas, novilhos, garrotes e bois, e até mesmo pavões e faisões dourados. Sempre com muito sangue, em honra de todas as Forças que o príncipe tinha como suas nutrizes... a partir daquela recebida numa certa mata do pau-ferro — que só ele sabia e jamais esquecera —, daquela humilde cabocla na freguesia carioca do Irajá.

Mas o príncipe também sabia rezar. E como sabia! Tanto que aos domingos, no Santuário ou na estância, Sua Alteza Sacratíssima oficiava uma espécie de missa em ritual ortodoxo etíope, segundo dizia. E, nesse momento, celebrando o dom que o destino lhe tinha dado, rezava o pai-nosso, que é a oração mais universal que existe.

E rezava em todas as línguas que sabia, menos o iídiche, a primeira que aprendera, ainda na infância. E, quando lhe perguntavam a razão, respondia, irritado:

— Iídiche não é língua, é fala: língua é veículo de cultura!

Mal-agradecido! De qualquer forma, era um espetáculo vê-lo rezando o pai-nosso:

— Pai nosso que estais nos céus, santificado seja o Vosso nome...

Our Father, who art in heaven, hallowed be Thy name...
Notre Père qui es aux cieux, que ton nom soit sanctifié...
Padre nostro, che sei nei cieli, sia santificato il tuo nome...
Onse Vader wat in die hemel is, laat u Naam geheilig word...
Onze Vader die in de hemelen zijt, uw naam worde geheiligd...
Dawe wa twese uri mw'ijuru, izina ryawe ni rininahazwe...
Baba yetu uliye mbinguni, jina lako lisifiwe...
Abwun d'bwashmaya nethqadash shmakh teytey malkuthakh...

O povo tinha ímpetos de aplaudir. Mas não podia.

E havia também o lado filantrópico da autoridade de Sua Alteza. As duas residências viviam sempre cheias de gente que o príncipe encontrava nas ruas e lhe pedia ajuda. Ele mandava que subissem no automóvel, que chamava de carruagem, e as levava para o palácio e para a estância, onde ficavam o tempo que quisessem. Entre os membros da corte figurava um médico, dr. Rozenthal, que o príncipe, com sua alta magia, libertara do alcoolismo. Curado e agradecido, o facultativo o auxiliava no atendimento aos doentes que o procuravam em busca de seus poderes e remédios.

Os relatos de curas miraculosas eram muitos. Do paralítico que saiu dançando uma polca dobrada ao cego que enfiou uma linha fina no fundo de uma agulha; do morto que ressuscitou ao velho de 95 anos que foi pai de quadrigêmeos. Mas tudo isso era invencionice dos pasquins e intriga dos adversários, tentando acusar o príncipe de charlatanismo. E, a essas tentativas de desmoralização, Sua Alteza, do alto de sua magnificência, apenas sorria.

Sempre vestido ao estilo abissínio, envolto em panos de linho, mas com a cabeça descoberta, exibindo com orgulho seus cabelos crespos, jamais cortados e apanhados em tranças cada vez mais longas, o Santo Sábio sorria superior. E seu sorriso fazia realçar a barba, também trançada, que lhe chegava em duas pontas até o meio do peito, sobre o cordão de ouro de onde pendia o signo de Salomão. No rigor do inverno, porém, o príncipe protegia-se com o tradicional poncho gaúcho, espécie de agasalho do qual tinha dezenas de peças, sempre coloridas. Sem dispensar também a cuia de mate amargo.

Quanto à governança, Sua Alteza tinha ideias bastante concretas, que adquirira estudando o direito consuetudinário etíope. Para ele, o governo de um Estado era um direito concedido por Deus a uma só pessoa, o rei. E devia ser exercido em nome da coletividade, sim, mas sem necessidade de câmaras ou conselhos.

— O Estado — dizia ele — deve ser dirigido por uma vontade física, juridicamente mais alta, independentemente de qualquer outra vontade. O direito de eleger os órgãos de governo é exclusivo do rei; e a autoridade do rei é a única e deverá reprimir tudo o que for considerado nocivo, principalmente as ideias. Através do Estado, que se resume no rei, é que o indivíduo realiza o seu aperfeiçoamento físico, moral e intelectual; e é isso que justifica a existência do reino e de seu povo.

Dizia ele que assim estava escrito no *Kebra Nagast, o livro da glória dos reis abissínios*, mas depois eu soube que essas teorias sobre o Estado só existiam na cabeça dele.

* * *

Por essa época, no âmbito nacional, o governo da República dava grande atenção à abertura de rodovias e ao embelezamento da capital, com a prefeitura do Distrito Federal empenhada em remodelar praças e jardins, além de erguer belos prédios públicos. No tocante à gestão interna, o presidente conquistava a confiança pública, por sua energia e honestidade, como diziam os situacionistas. Mas a conjuntura financeira era grave, sobretudo por conta dos quatro anos convulsos do governo anterior. Veio então a campanha para eleição do novo presidente, sendo proclamados os vencedores.

Abertos os trabalhos no Congresso, a coligação dos liberais declarou-se em estado de insurgência, explodindo assim, em todo o país, a Revolução — culminância de um movimento cuja alma estava no Sul. E de lá foi que veio a força militar revolucionária sob o comando do candidato derrotado nas eleições, o qual, depois de uma parada em São Paulo, desembarcaria do trem na gare da estação Dom Pedro II.

Deposto o presidente, enquanto os líderes rebeldes não chegavam, instalou-se uma junta militar. Até que, no último dia de outubro, as tropas rebeldes entravam triunfalmente na capital da República, amarrando simbolicamente seus cavalos no obelisco que assinalava o término da avenida Rio Branco, ao lado do Palácio Monroe, quase à beira da majestosa baía de Guanabara.

Integrando a comitiva, entrava também triunfalmente no Rio de Janeiro um revolucionário diferente, misterioso, sedutor, enigmático, de cor — que poucos sabiam ser o sapientíssimo mentor espiritual, político e filosófico da Revolução.

E, cinco anos depois, por sua saga de judeu errante, seus saberes, suas relações — e seu corpo fechado —, o príncipe teria se tornado o mentor da Lei de Segurança Nacional e das ações do Departamento de Ordem Política e Social.

É... O preto que falava iídiche chegou mesmo lá.

O mesmo não posso dizer do Timbira, coitado, que acabou esfaqueado na Praça Onze no carnaval, por causa de mulher. Nem do Zaltman, que meteu na cabeça que eu lhe devia dinheiro pelas informações que me deu para o livro. Com isso, me caluniou, difamou e injuriou. E eu, lamentavelmente, tive que dar um jeito nele.

Queria coautoria, o safado! Numa obra que nem chegou a existir, pois antes de escrita teve a ideia recusada por três editoras, sob a descabida acusação de antissemitismo, vejam vocês!

Quanto a mim, então, bastou-me o Cartório do 2º Ofício. Com ele, descansei da advocacia e botei o boi na sombra.

Por essa parte, dou graças ao príncipe Nozinho, que foi meu tutelado e hoje é um Guia na Eternidade. A quem, toda segunda-feira, acendo uma vela, ofereço um copo d'água e boto lá um golinho de cachaça; que bebo com ele. Da mesma forma que faço para minha saudosa Fanny. Pois eles merecem. Cada um ao seu jeito.

Este livro foi composto na tipografia
Minion Pro Regular, em corpo 12/16, e impresso em
papel off-white no Sistema Digital Instant Duplex
da Divisão Gráfica da Distribuidora Record.